清泉村·宣易城

张二林 著

北方联合出版传媒(集团)股份有限公司
春风文艺出版社
·沈阳·

图书在版编目（CIP）数据

清泉村·宜昌城／张二林著． — 沈阳：春风文艺出版社，2023.10
ISBN 978-7-5313-6497-9

Ⅰ．①清… Ⅱ．①张… Ⅲ．①散文集—中国—当代 Ⅳ．①I267

中国国家版本馆 CIP 数据核字（2023）第 150545 号

北方联合出版传媒（集团）股份有限公司
春风文艺出版社出版发行
沈阳市和平区十一纬路 25 号　　邮编：110003
四川科德彩色数码科技有限公司印刷

责任编辑：韩　喆　平青立	责任校对：张华伟
幅面尺寸：145mm×210mm	
字　　数：187 千字	印　张：7.75
版　　次：2024 年 3 月第 1 版	印　次：2024 年 3 月第 1 次
书　　号：ISBN 978-7-5313-6497-9	定　价：68.00 元

版权专有　侵权必究　举报电话：024-23284391
如有质量问题，请拨打电话：024-23284384

目录
Contents

五峰·城关	1
清泉村·宜昌城	15
傅家堰中学	26
夷陵广场	32
灶　屋	36
年	39
土　豆	43
消失的家乡	47
曼陀罗	54
姐姐的爱情	58
我的姨我的娘	68
父亲七十	73
雨	76
表哥陈刚	79
恢福大叔	83

少武二叔	89
祖泽大叔	92
同德姑爹	95
年豆腐	100
同学·覃冰来	104
同学·吴先芬	109
同学·肖侃	113
同学·吴先容	117
同学·李丽华	121
同学·陈忠新	125
同学·邓俊霞	130
同学·向昌碧	134
同学·张小峰	138
同学·罗莉	143
同学·李艳琴	147
同学·张飞	150
同学·张国庆	154
同学·胡方奎	158
黄竹山	162
一位姑娘	165
蜀葵花	168

走向辽阔	181
稻花香	185
问安镇的姑娘	190
祖波哥哥	195
蔡师傅	200
15公里	206
父亲的茶机厂	214
母亲的节日	226
树	230
重逢的纸飞机	235

五峰·城关

一

2016年，五峰县人民政府从城关迁往渔洋关镇，这个叫城关的小镇失去她最为璀璨的光环时，我刚好走完了最为动容的青春岁月。

这位老者在周围漠然的目光中流露出无助惝惶的眼神，四处张贴着门面转让和房屋出售的广告。是的，没有多少人会为她刚刚失去的名号而惋惜，趋利的人们已经去了几十公里外叫渔洋关的新县城，那里有宽阔平整的马路、延绵几千米的霓虹路灯和规整漂亮的新建筑。

时间在抹去她的名号时也绞杀了我的青春，想必我们都会留有遗憾，可是，一切又不能逆转。

2000到2002年，我的18到20岁，最为鲜活的三年，我在这个叫城关的小镇度过。

每天早上从茶机厂下行过三岔路口的桥，和天池河水同行穿过大半个城关，到天龙市场对面一个小餐馆上班，我在这家叫巷子深餐馆的后厨打杂。

我的许多初中同学在这个小镇读高中，他们的学校在垂直往上100多步台阶的平阔处，除了害怕见到这些同学，我没有不愉快的地方。中午餐馆打烊，我会穿过天池市场和天龙市场中间宽敞的马路左转，在现在的步行街逗留一会儿，这是城关镇最繁华的地段。一些操着外地口音的掌柜和客人谈生意，他们的表情在悲悯和博爱间自如转换，熟练地向每个人打招呼。这是我第一次听到五峰以外的口音，这些友好少见的声音甚至让我觉得有种高贵感。

再往前就是民族饭店，前面驻停着开往五峰县辖下各个乡镇的车，挡风玻璃里放着我不曾知道也不曾到过的地域和名字，司机们则聚在安化桥上聊天。

五峰县，这是一个何其大的地方！

2001年春天某日早晨，在水闸处，我在晨光中看到风扬起一个女孩的长发。因为是下行，自行车的惯性让她有机会把一张非常从容漂亮的侧脸展现在我面前。

为了避免对一个小镇进行生硬呆板的地理描述，我打算把我对这座小镇的印象写为一个爱情故事。

所以，这个故事，可能是真的，也可能是假的。

之后的几个午夜，我借助五峰县城关镇中学到茶机厂门口的下坡路段，一个人苦苦地练习骑自行车。这是一辆破旧的"二八"型自行车，它的古怪设计以及不良的驾驭感并没有难倒我，因为那个女孩给了我莫大的力量，片刻画面留下的美好让我产生无限的遐想空间，我甚至认为自己嗅到了她的发香，味道和初二女同桌使用过的洗发水是一样的——这位初三转走了的女同桌,曾让我痛苦很长时间。

4天后,我已经能把自行车骑到万马桥并安全返回。

学会骑自行车后我很快忘记了想偶遇那个女孩的初衷——这个简单的机械设备扩大了我的出行范围,而且我已经熟记了五峰县辖下的所有的地名。

在炎热的夏天,我和餐馆的师兄骑自行车一路狂奔,利用中午休息的两小时跑到枫竹园中学找他的女同学玩。师兄站在一间理发店门口,故作老成的表情露出一脸的青涩,像一张没有化好妆的脸,问:"你生意还好吧?"

然后我们又一路狂奔回餐馆!

洞河电站对面是上坡路段,我们会停下来抽一支烟——包厢收桌子时总能捡到客人遗落的各种烟。师兄从芙蓉王烟盒里抽出红塔山点着,很自豪地对我说:"看出来没有,我那女同学喜欢我。"

如果师兄的女同学完全没有理他,我们回城关镇的时间会很早,两人一路向上骑到镇医院。马路两边是高高大大的榆树,穿过榆树间的空隙能看到风景怡人的石良司村。两条小溪从山脉两侧奔流而来,这个山区小盆地卸去了小溪的大多数湍流,让它们平静地在某处交汇形成天池河。此处的河水还清亮澄澈,愉悦地冲刷着河床穿城而去。盆地边沿延伸的鸦来公路在视线最远处盘山向上,这是我最为向往的远方。

雨天我们是无法出行的,浓雾从天池河翻卷上来裹挟着湿气渗进城关镇的每片砖瓦,四处嗒嗒地滴着水。我在图书馆楼梯口狭小的抽屉中翻找自己喜欢的书的索引,这些用钢笔手写的书名让我有难以名状的亲切感。二楼宽大的阅读室异常安静，木质窗棂和模糊的玻璃很敬业，它们阻隔了雾气和潮湿，甚至阻隔了各种喧闹声。我忘了我是谁，像在家里一样穿过一排排书架，聆听这些陈旧的书籍讲述自己的故事。

终于，我读到了池莉老师的《绿水长流》，这个不大确定的爱情故事让我想起那位骑自行车的女孩。

雨过天晴后我们把自行车停在水闸这里，倚着栏杆在师兄的叫骂声中等待她出现。

这种等待像新生的藤蔓攀上倒伏已久的大树躯干，我的憧憬就是土壤，给藤蔓生长提供了营养，让其很快覆盖开去。

二

天池河在石良司被卸走了大部分力量，没能给城关镇带来太多的平地。排立在河边的建筑清瘦单薄，好在河两边山势舒缓，能挤出几处平阔地来安置一些体面的建筑。但水闸处异常狭窄，一栋房屋像是排列整齐的队伍中被点名出列的那个人，一边是山体托着，另一边是从天池河河床上浇筑起来的若干混凝土柱子支撑着。马路从房底穿过，宝塔坡投射过来的阳光被这些巨大的柱子均匀分割，地上的斑斓清晰干净，车辆和人们在我们眼前一明一暗地通过。

不远处的国税大楼刚建成封顶，左右裙楼白色的外墙瓷砖都已贴满。我们第一次见到这么漂亮的建筑。等女孩出现的后半段，我俩总会跑去看工人安装草坪周围的低矮铁艺栅栏。

这个建筑边上有个老旧的牌坊，听说是以前砖瓦厂的大门。

我第一次见到这种建筑，它对我来说有着特殊的仪式感，我反反复复在下面走过，师兄一面讥笑我一边吆喝："走，我们去东门，那儿有个桥洞，够你走一天！"

穿过一个长长的巷道，我看到了被小镇建筑催逼得非常局促的山脚。时间风化了整座山表，满地都是均匀的褐色小石粒。这些小石粒被往返的行人用脚碾碎后板结在一起，形成了蜿蜒向上的路。我俩绕过粗大的松树很快登顶。

这儿是曾经的城门，可惜门楼已经不在了。杂草从两边垂下，和许多健硕的壮年一样，在人生的某个时刻，终究还是会长满银色胡须。

我坐在城门曾经的门轴石上，山的另一边开阔高远，一条新修的公路在延伸。师兄告诉我这个地方叫香东村，这条新修的公路会在万马桥通入城关镇。

我羡慕也很佩服师兄，他在宜昌学过厨师，见过世面，而且很帅，还会唱歌，家住小河乡某个地方，每天上午他在墩子前给师傅准备各种调料时就唱《海阔天空》。师兄不停穿梭在冰箱、操作台与灶之间，但我要削完一大桶土豆后才能离开一小会儿。看着他的背影，我认为他是世界上最牛的人。

回来的路上师兄很高兴，一路吹着口哨督促我快点儿走，说下午有个新服务员来上班。

巷子深餐馆是一套临街的三居室改装的。这套房子所在的建筑和电影公司的宿舍合围了一个后院，老板利用这个院子盖了两间包厢和厨房。进门位置是个小房间，放不下餐桌，就在靠墙边放了两组木沙发，客人可以临时坐坐。

进门时椅子上果然坐着一个女孩子，她穿着一件至脚面带有细褶的碎花裙子，用嘴咬着笔端在看菜谱，见我们两个进来她扬头笑了一下。在我还不知道大宝 SOD 蜜的时候，这个姑娘已经开始化妆，尤其是眉毛，随笑容升起缓缓变弯，新月一样。这种城里人的特质瞬间吸引了我，进厨房时我还特地回头看了一眼。可惜的是她头发不太长，这对我来说算个遗憾。

但在接下来很长的时间里，我都不知道她叫什么。

第一天下班时师兄说街对面有马戏团演出不要票，让我去看。

第二天下班时师兄说安化桥有人要跳河叫我去围观。

…………

直到初夏某天早上，我刚过三岔路口的桥，看见她从客运站宿舍的院子里骑车出来，才知道她住的位置离我不太远。

多年以后我看到各种言情电影，女主人公大多在明艳的夏日早上出现。此刻的她正如那些女主人公，迎面而来，招牌的笑容露出非常白的牙齿。这个时候的她头发已经长到肩膀，而且刚刚洗过。我非常确定这个洗发水的牌子，读书时的多个晚自习上，我在这种香味的氤氲中愉快地度过！

路过水闸时我故意慢了一点儿，看着她的身影和之前那个女孩一样在阳光和柱影形成的斑斓中。这一幕瞬间覆盖了我的记忆，直至在心中挖掘不到之前姑娘的影子。

城关的 10 月，阳光开始变凉，风也改了方向，远山已经有了雾色，不再适合骑自行车上下班，我和她沿着腾空架置在天池河上的人行道像散步一样回去。这些简陋的人行道比马路高了一步台阶，临河一面的栏杆仍然用水泥浇筑，体量宽大粗糙，占据了不少本来就不太宽裕的空间。最开始我们讨论上班时发生的有趣的事情，但这个话题不足以支撑走完这近两公里的路的时间，慢慢地，话题弥漫开去。

我开始知道她来自仁和坪乡一个叫望江村的地方。

她说出这个地名时我万分惊讶，在五峰某个地方能望到长江吗？这地名在字面里隐藏的空间感对我有莫大的冲击力。从东门上看到天池河流过城关镇都让我激动不已，长江，多么磅礴的字眼！

如果晚上灯光球场有人跳巴山舞，她会站在后排学习这些动作，偶尔跳错会不好意思地扭头朝我笑，和第一次见面一样，眉毛弯弯像柳叶一样。

晚上下班在客运站分开后我飞快回到住处，这个夹杂在茶机厂和木材厂中间的小房子里，深夜都会有沉闷的金属撞击声从黑暗中传来，给城关镇带来一些工业气息。我伏在一个小矮几上给她写信，我写了很多，但从没有给她看过，我想：如果我生命中能和她有更多的交集，她终究会看到这些文字的。

离开这个餐馆前一星期，师兄带我去了一中。他没有从实验小学前面的马路上去，而是在县政府门口左拐经过八一餐馆。一面陡峭的崖壁上，一个回字形的楼梯垂直向上，最上面居然修建了个八角亭，我终于从另一个角度看到了一个异常清晰的城关镇——各种年代的建筑交错在一起，最新的是锁金山电业的宿舍楼，米黄色的外墙漆非常洋气，中间还配有白色的罗马线条；只能看到背身的电影院是典型的苏式建筑，偌大的红瓦房顶，下面是冷峻单调的素清水泥外墙。

电影院还兼做县政府礼堂，两根哥特式的庭柱撑着一个宽缓的廊道，前面的近百步条石台阶以及檐口的红五角星让这座建筑的正立面看起来庄重典雅。

三

遗憾的是，我在城关镇3年，这个电影院没有放过一场电影。

电影院前面的台阶中间有个平台，上面放着七八张台球桌，黄昏到深夜，这里有我好些朋友，我们经常四五个人凑一块钱打一局。

台球也是师兄教会我的。他在我之前离开了巷子深，去了另一个酒店当墩子师傅，收入高了很多，但我们能经常见面，他总是豪气地说："我请客！"

师兄带我去了灯光球场前面的米线馆。这里生意火爆，店内塞了尽可能多的桌子。两个穿着蓝白相间校服的学生和我们同桌，他们小声地讨论晚自习上的什么课和将来在哪个城市读哪所大学。

我问师兄："咱俩能进一中去看一下吗？"

从教育局院内，我俩沿着山边的台阶向上，隔壁天宇大楼不断变低，最后能很清楚地看到楼顶钟楼分针的拨动。时间在黄昏，晚风推动着火烧云从宝塔山铺排过来，五彩绚丽的颜色涂抹了整个城关镇。眼前众多建筑变得异常精美，玻璃都亮着金色，天池河成了一条晃动的五色绸带。

我看到信用社大楼像篾刀一样劈开缓步而来的沿河东路，山势在这里变阔，有空间容下3条平行的马路。

城关镇开始变得灵动起来。

临天池河新增出来的马路虽无名，但有浓浓的乡野集镇的味道，许多新鲜的时令蔬菜和特产在这儿都能找到。没有人规定这里不能来机动车，但这里确实没有车来，极度自由而形成的规则，坚不可摧。

夜色首先隐去了远处的火烧云，慢慢地它们变成了灰色。东门上细密的植被已经模糊，天空暗淡，不同年代的建筑浑然一体，变成了一个剪影。

我俩坐在最上面的一级台阶上，看着穿着校服的同龄人陆续从身边走过，他们的目的地是操场尽头的教学楼。这些学生真正的人生攀爬，都是从这些台阶开始的，它们陡峭，但这是城关镇看火烧云最好的位置。

操场尽头的一栋白色教学楼仰靠着山脉，楼基很高，两排之字形台阶对称地排列在楼前。夜幕的黑色收割了城关镇大多数地方，但仿佛奈何不了这栋建筑，明亮的灯光甚至照亮了它身后的五峰山。

我俩起身开始向下走。城关镇的9点万家灯火，街上行人很少。烟草大楼在灯光中愈发宏伟，它应该是城关镇体量最大的建筑，在136级台阶之上的一中操场平望过去，它依然挺拔。

师兄小心数着楼层，告诉我这个女孩有亲戚在烟草大楼上班，而且还知道她住在第几层。他总知道许多我不知道的事情。

走出教育局院子时，师兄回望了一眼这些台阶，说："如果父亲不走这么早，我应该也能考上一中的。"

在城关镇，一中是最让人敬畏但又充满希望的地方，我被她超大的气场濡染，决心追这个女孩。

四

  其实在叙述这些事情的时候，我在不断地回想，我想最为完整地还原当时的事情和心情，我期望能透过这些文字，见到曾经的自己。但时间在行进中踩踏了这些记忆，多数模糊不清，甚至先后顺序都可能不对。

  这是我能记住的和师兄在城关镇的最后一次聊天，再见面已是十几年以后的 2016 年，岁月剥去了他部分英气和潇洒，我俩平淡地描述生活给予的艰难与幸福。临别时师兄告诉我这个女孩也随县城迁居到了渔洋关，并计划开一家餐馆。这时我和同学在新县城经营一家装饰公司，我像忘了当天谁买的单一样忘了他说的话。

  不久之后，我参加客户新居乔迁之喜。这个小区建在有一条小河的山谷中，并行的山小而秀，它们像拢在一起的手捧着这些房子。时令是初春，河水低吟，黑暗隐去了真实的距离，我几乎听得到山旁草木生长的声音。

  离开客户家时已近 10 点，县城新区行人很少，车灯将黛青色的夜幕犁开，光线均匀地涂抹在路边徐行的一家三口身上，妈妈回望的一瞬间，像极了曾经那位女孩。我忽然想起，这里就是师兄说过的她想开餐馆的位置。

  如果真是她，十几年光阴流过，应该留下了厚重的年龄痕迹。容颜不能和草木一样每年能重新生长，我切换到近光灯，用低于行走的速度滑行，看着她们消失在无尽的夜色里。

  只是记忆开始无声地蔓延。

我又要开始叙述这个快被自己遗忘的故事，还有山的深处那个孤寂的叫城关的小镇。

师兄和我一直走到常青商场门口的梧桐树下才分开，他正在追对面理发店的女孩。师兄十分自然地推开印有肖记美容的玻璃门，明亮的灯光倾泻出来照着我脚上被水泡得发白的皮鞋，我想应该先买一套干净利落的衣服再向女孩子表白。

我积攒了许多中奖的白酒包装纸盒，有枝江大曲、稻花香，还有金龙泉的啤酒瓶盖，我抱着这些纸片在夜市上寻找一位朋友。

城关的夜市从7点开始，这个小镇博大宽容，一排塑料帐篷从民族饭店排列到天池市场门口，填满了整条步行街，炉架中的炭火不遗余力地蒸腾出孜然的味道，人们晃着啤酒瓶隔着三四个档口高声地向好友打招呼。我要寻找的那位朋友则骑着三轮车，往返摊点销售啤酒。我将在他这里兑换这些奖券。

回到餐馆，师傅在等我打牌，我们把两副扑克放在一起玩双升，每晚从3升到A就结束。

这个桌子宽约80厘米，她坐对面，我第一次如此认真、如此近地看她，弯弯的眉毛，很深的眼眶，我能看清扇动的睫毛和随着呼吸一起一落的刘海。

她并没注意到我的打量，忽然身体前倾，左臂撑在桌子上，呈扇面状的扑克牌挡着她的下巴和嘴，她的右手自然流畅地放在我拿牌的手上，说："这回我要底牌！"（这个游戏牌面拿完后，会留有8张底牌给上一把的赢家。）

这是一种让我误会的目光和姿势，而且她大方地不停寻找我的眼睛。直到最后，我清晰地看到了这双美丽的眼睛中万分惊恐的自己!

从没有体验过如此美好的紧张和窘迫,我没有过多地思考,本能地把手轻轻抬离了桌面一点点距离,想感受到她手的重量和温度。

从巷子深餐馆离开前的最后一天,我5点就下班了,师傅拍着我的肩膀,同时意味深长地对这个女孩说:"你也下班吧。"

我俩第一次在这个时间走那条架在天池河上的人行道,和许多正常时间下班的人同行。住石良司村的卖菜阿姨推着盛有蔬菜的小车,熟络地和某位老主顾打招呼,她们因一把香菜或是几个青椒而相互礼让。

天池河没能完全分割城关镇,它还带来了无尽的生命和魅力。我们走过一些小桥,其中有一座因为两岸的落差不能行车,桥尽头有几步台阶从一栋楼的楼底穿过。这种没有规划的布局透着自然天成的灵巧,沿河东路临河的房子和我们脚下的人行道一样向河中延伸,有半个房间是腾空悬在天池河上的,能感受到河水从脚下流过。正是晚饭的时候,我们看到河对面一位母亲在厨房呵斥客厅里调皮的儿子,她的先生和客人在二楼房间聊天,临窗砧板上的鱼刚停止跃动,烹鱼的香味就弥漫过来。五峰城关有着最幸福的人,再没有其他地方能把生活展现得如此具体和生动。

我们在一座铁制的叠梁拱桥中间休息聊天,铺着铁皮的桥面锈化出来许多小孔。阳光从最好的位置照射过来,河水覆盖着一层薄薄的夕阳。我们握着栏杆,两手相距不到一厘米,在无数次挣扎后,我借助某个肢体语言结束,装着很无意地把手放在她的手上,就和昨天玩牌时一样。她没有说话,也没有把手挣脱开。款款而来的天河水很快淹没了我的心,我不敢再说话,我想声音会颤抖,时间像河水一样轻轻地流过,我没有想到爱情,我只是想,这是我非常伟大的一次胜利!

从这座铁桥到下一座廊桥的中间,我和她开始讨论离别,用普通朋友的关系设定了最好的未来。我们都以为,能记住对方很久很久。

这是和这位女孩所有的故事,如果定义为爱情,那么在她把手放在我手背上的一瞬间开始,在我把手拿开的一瞬间结束。

故事如果是真的,希望带给我快乐的女孩和朋友,都有一个好的归宿。

故事如果是假的,我真心希望自己有这么一段过往,曾经遇到过这些朋友和这个女孩——

离开城关镇那天清晨,车在宝塔坡缓缓向上行驶,我才清晰地看到真正的五峰山:5个小山峰整齐地站在天池河畔,山脚白色的楼房依次排列,大气的国税大楼变得秀丽精美,窄窄的沿河西路和排列在上面的建筑,像一张拉开的弓把我射向远方。

5小时后,我第一次离开五峰;30小时后,我才到达目的地。我终于知道,五峰,是个何其小的地方。

离开城关后的许多年,我只是过年回老家在城关停留。姐姐在镇中心学校附近买了房子,我在三岔路口下车时会转头看看客运站宿舍的大门,看到她伫立在稀薄的暮色里。曾经艳丽的阳光和披着长头发的姑娘,都不在这个季节出现。风挟着寒气呼啸而来。过了茶机厂,路边没有了建筑物。老旧苍凉的天池河发出呜咽的声响,河边倒伏着枯黄的芦苇,路灯昏黄闪烁,这是我以前学自行车的地方,但彼时的灯光是多么明亮和温暖。

我变化的15年里,这个小镇始终不曾变化,这个陷落在记忆缝隙里的小镇,在千余公里外被我告诉别人是我家乡的五峰城关。天池河和这些建筑,平静而温暖地排列在我心中,只为在某些时间清晰地呈现。

清泉村·宜昌城

一

2020年春节后疫疫横行,我们被阻隔在清泉村。这个印象中已经泛黄的村庄,是我的家乡,我曾在此生活了16年。

不能在计划的时间里返回宜昌,冬日舐去了我心中的平静。黎明和黄昏开始离得更远起来,焦虑渗入了时间的每一秒。接下来的很多天,我依然在这里,呆滞的目光粘住了时间,像小时候艰难地行走在布满泥泞的田埂上。

其实早已经立春,但暮冬顽强。横冲荒和关刀崖之间的天空布满了彤云,朔风紧起,母亲开始担心芽蘖刚露土的土豆,不停埋怨春天是不是太勤快了点,晚几天多好,土豆就不会生芽,因为雪一来就要受冻减产,而已经和她玩得很亲热的孙女则喜欢吃烤过的土豆。

母亲没有到过北方,体验不到这片山区的四季变化其实友好而轻快。华北平原坚强春季的主要任务是撵跑冬天,它竭尽全力融化一尺多深的雪，让夏天有机会到来。

半夜开始下雨，然后是雪，沥沥的雨声慢慢消失，雪带来了微弱的天光，清泉村万籁俱寂。我在火塘旁看书，推开门，横冲荒和我两两相立，时间只有在此刻才具体真实地出现。儿时在清泉村的温暖与我离开后芜杂的经历在抗衡，沉潜在内心深处的意愿被唤醒。它们填埋了我的焦虑不安，也让我忘了在宜昌城麻木的忙碌。

第二天，母亲居然准确地说出深夜里第一片雪花落下的时间。她真是一位了不起的农民，除了偶尔提前播种了土豆——其实这个错误中隐藏着她对我们深沉的爱，最好的时节是我回到清泉的这几天，母亲担心我要下地帮忙，把能做的农活都提前做完了。

一夜一天的雪带走了彤云中的晦暗，余下飞羽般洁白的云朵。洁净的阳光从云彩边缘流泻下来，照耀着饱水后几乎呈黑色的空旷田野。母亲担心的土豆又得到了春天的指令，肆无忌惮地伸出更多的芽蘖。

从横冲荒到仙人岩的山峦和坳口上布满细密的灌木，它们勾勒出了这片山区的天际线。这些山峦的起伏不大，一些村子坐落在山势发育时偶尔舒缓的平阔地带。村子与村子间是陡峭的悬崖，能耕种的地方都开辟成了田野，上面盛着还没有融化的雪，一片接着一片，整整齐齐。

这是从清泉村向右望去时的景象。清泉村正前方是峭立着大片悬崖的板壁岩。这些悬崖干净利索，上面不能攀附任何植被，哪怕是顽强的雀舌黄杨和枸骨，都只能生长在悬崖与悬崖之间的碎石中，用比茎长几倍的根深深扎进石隙，再花 3 到 5 年时间长出几厘米。这些灌木舍不得落下青瓷色的细叶，和黛赭色、钢青色相间的悬崖组合在一起，清泉村的正前方，是一幅巨大的国画。

清泉村在五峰、长阳两县的交界处，距清江3千米，从二叉口转向泗洋河畔，穿过整个傅家堰乡，能见到一个水库，山风抚过水面泛起像肋骨一样均匀的皱褶。这个叫马渡河的水库宽阔，但依然装不下两侧山体的倒影。清泉村就在左边的山体上，从水田坪一直延伸到关刀岩山脚。

这里以前叫眸珠村，后因人们找到了一眼清洌且四季不息的泉水，遂更名为清泉。

如果你在两千米高的横冲荒俯瞰过清泉村，就能理解它为什么叫眸珠——从二叉口开始对峙的峡谷在这儿毫不吝啬地打开了一个很大的敞口，两边的山体都转了走向，各自领着身后的群峰向远处奔涌而去，有伏脉千里的恢宏气势。

村子左边是一道隆起的小山岗，像女孩描过的眉毛，纤巧精致。临村一侧舒缓，有整片葱茏的松林和碗口粗的花栗树；但另一侧是整齐连贯的悬崖，在绿色灌木群中尽情地展露肃杀的钢青色，从泗洋河畔到关刀崖顶，没有一寸石头露出来。

从眸珠向南平望，清江右岸尽收眼底。侧卧着的重重山脉，寥廓无垠，直达天穹，沿天际线能看到一些稀落的、把外墙用石灰刷成白色的瓦房。

眸珠村，泗洋河畔最体面的地方。

我家在清泉村四组。如果时间往回拨，能很快找到两排很长的对望着的瓦房，平整的墙面刷了白石灰，操场中间立着一根杉木旗杆，伸出的房椽挂着一个音色清脆的铁铃铛，下面挂着一块过漆的白色木板，用行楷写着"清泉村小学"。

学校下面是几级梯田，梯田尽头有一个很大很大的蓄水池，我们叫它大堰。这是个完全靠人力筑起的小型水利工程，那股四季不息清冽的泉水被引到这里。水电站机组在蓄水池下300米处，几组用香椿木架的电线向四周扩散，每天晚上的7点到9点，水轮机开始轰鸣。1980年，我家已经有了电灯。

水轮机涌出的水没流多远就被许多隐藏在狗尾巴草下的小沟渠导进一畦畦稻田。从电站引水渠到清泉二组的水田坪，长满蒿草和蒲公英的田埂围着一级一级的梯田，像地图上均匀的等高线。山风止息的下午，夕阳的余晖映照着这些水田。静止的水面像一层薄薄的锡，把板壁岩清晰地倒映出来。

和我家相邻的是一间榨房，榨房隔壁是能磨面的加工厂。这是两栋泥土夯成的房子，远不如学校气派，晚上又不住人，好些麻雀的窝都安在这里，麻雀整日都绕在我周围。

我的童年和少年时光，每天都穿过这些建筑好多次。

清泉村落差有1000多米，物产丰富，榨房里拉着石碾盘的老黄牛很少有歇的时候。一排用向日葵茎秆做的简易篱笆围在前面，风干后的向日葵茎秆被榨房饱油的烟熏过，闪着炭黑色的金属光泽。透过缝隙可以看到世轩伯伯在翻炒已经炙手的油菜籽，这些菜籽炒熟后磨成末，再上锅蒸透。

我在加工厂看到村里最强壮的人在启动老式柴油机，他们一只手紧握Z字形的摇把，另一只手把着柴油机油门，在周围一片倒彩声中扭动腰和胳膊，吭哧声随即响起。黑烟从柴油机烟囱成团状吐出，启动了柴油机的人喜欢把手上黏着的黑色机油抹到我脸上。机器发出有节律的咣咣声后，我来不及拍屁股上的泥土，起身奔窜返回榨房。蒸菜籽的灶膛整天燃着花栗木劈柴，落下的劈柴灰烬中藏着比我脸蛋大的洋芋，我像在自己家里一样，随意且熟练地把火钳伸进劈柴灰。才出灶的洋芋非常烫，我左右不停地倒着手，把剥下的皮扔给跟着我飞了很久的麻雀。

30年的变化，我赤脚都能飞奔的小路已经荒芜，那些可爱的建筑已经倒塌，曾帮我提起落在肚脐眼下的裤子、把黑色机油抹在我脸上、帮我抹去鼻涕的长者，在宜昌某个有雨的下午，在我接到母亲仓促打来的电话中，母子寥寥数语，就讲完了他们的一生——

从2000年到现在，这是我在家待得最长的一次。我看到好多人在种高粱，他们虔诚地在雪刚融化的田野里掏出整齐的沟垄，数着颗粒放下种子。我的乡亲们内心干净坦荡，遵循季节有序耕种，从不考虑下半年是否有风有雨，不考虑未来的或是自己不能把控的事情，他们思考的，是如何体面地把种子放进田野，如何把自己从纠缠与陷落中救赎出来。

这片田野，毕竟没有亏待过任何播种的人。

我知道，这些未必是你有兴趣的，毕竟这只是我的家乡，你也未必来过，而且这个可爱的地方在2000年和隔壁的鸭儿坪合并，我的身份证都写着傅家堰乡鸭儿坪村四组。

其实我不喜欢这个名字，感觉自己成了外村人。

二

16岁以前我很少离开清泉村，即便爬上屋后高高的木梓树最顶的枝丫，瞪大双眼，我的目光依然越不过横冲荒和关刀崖。好在每年冬天母亲会带我去大湾岩砍柴，这里紧邻长阳县，能看到清江和一段通往长阳县城龙舟坪镇的公路。

如果运气好，就会看到扬起一路尘土的汽车，轰隆隆的马达声很久后才传来。大湾岩虽然险峻，但我一直盯着远处的公路，忽略路边的悬岩，生怕错过任何一辆车。

砍柴是繁重的体力劳动，中途歇息时母亲仔细摘去粘在我小脑袋上的碎叶，告诉我如果出去读书，就一辈子都不用砍柴，还可以天天坐车。

母亲语中"出去"所指的位置，就是宜昌。

姐姐收到中专通知书时，母亲一边抹泪一边激动地读着通知书上的每一个字。我拿着信封如获至宝，这个不及A4纸大小的信封上面印有手写体的宜昌两字，我已经知道，宜昌在横冲荒往前的地方。

第一次到宜昌是2003年，非典结束，我经宜昌转火车去河北务工。K49的紧张运力使得我须在宜昌住一晚。同学住胜利四路江边，那时还没有现在滨江茶城以及滨江一号。他租在一栋4层建筑顶层的阁楼，透过阁楼的小窗户，我第一次看到迤逦小巧的磨基山，相比我从小看的横冲荒，它实在太小了，好在东去的长江比泗洋河壮阔。

次日下午，同学送我去火车站，的士在胜利四路与东山大道交会处等红灯。我眼前是带有玻璃幕墙的时代天骄写字楼，一位女孩站在8楼的休息平台，边上放着一株很大的散尾葵。5月的艳阳透过玻璃把高光打在她身上，这位一头鬈发穿长筒靴的女孩，在我心底弹拨出了一个音律。

接下来的3年里，我从清泉出来去任何地方，均在宜昌短暂停留。汽车站离火车站很近,这个城市依旧和时代天骄楼上的女孩一样陌生神秘。

2004年,我在4月路过宜昌,依然只买到次日的火车票。由于收入微薄,我计划在售票厅待一晚上。不过令人遗憾的是,11点被工作人员赶了出来,同时出来的还有一对兄妹,妹妹明显是第一次离开家,怯怯地跟在哥哥身后。

哥哥应该是出门很久了,满不在乎地说自己知道一个地方可以过夜。他说这句话时侧望了我一下,因为此时,我们都需要朋友。

从长长的台阶走下来,穿过东山大道,现在建成的30层国贸大厦还是栋不过七八层的房子,一楼是山庄大酒店。

临马路有一排花坛,长满了麦冬,中间几株树冠很大的桂花树,像撑着的伞。哥哥放下行李,像躺在自己的床上一样很满足地睡下。

冷辉穿过桂花叶的间隙落在我们身上,透骨的凉意随即紧紧包围过来。我们越挨越近,我的头已经枕到了兄妹装行李的编织袋上面。

离开清泉的前一晚,我在挂满腊肉的火塘屋和母亲聊天,半干的花栗木劈柴架在一起,绽裂出近似白色的温暖火焰。我向母亲许诺挣钱后就带她去宜昌玩,母亲满怀期许,但她更希望我能先买个手机。

哥哥在细声安慰妹妹,说天马上就要亮了。他身上的体温就像昨日清泉的火塘,我开始有了困意。

路上已经没有行人,一位阿姨忽然站在面前时,我已处在临睡前的恍惚中。她穿着件用很粗的毛线织的外套,系着大红色的围巾，路灯给她的剪影镀了一层薄薄的金棕色光芒。阿姨抱着床被子，手里握着一张字条。

我和哥哥马上立起身，十分窘迫地看着她。阿姨把被子盖在妹妹身上，然后埋怨地说："不要想自己年轻啊，这冻一夜要得风湿，老了骨头缝缝儿都疼……"

这是我第一次听到纯正的宜昌话，比普通话多了些温情！

阿姨临走时还在轻轻地摇头，连续发出啧啧声。她把手里的字条递给我，指着对面的一排房子说上面有详细房号，明天走的时候给她还回去。

整个过程，我和哥哥都没有说话，不知所措地看着她做这一切。

被子带来了无尽的温暖，但它却不能完整的盖住3个人——哥哥固执地要躺在中间，他侧着身抱着自己的妹妹，努力给我腾出更多的地方。东山大道上的车越来越少，寒意开始大胆地穿行在它能到的一切地方。凌晨时分，我忽然感觉背靠的身躯变得纤弱，而且被子盖住了全身，耳边呼吸的吐纳声明显是个女孩发出来的，我惊恐地站了起来。

哥哥屈膝坐在花坛边缘，披着他妹妹的浅葱色外套。我的气场明显没有刚才的阿姨强大，他平静甚至有点不屑地看着我。我们都没有说话，我也只是看着他静静地抽烟。天空终于露出鱼肚白，宜昌的朝阳不用翻越2000米高的横冲荒，能比清泉更早地到来。很快，4月清晨的霞光开始照耀不远处的国贸大楼。

我们仨穿过东山大道，去寻找昨天送被子的阿姨。这儿曾经是宜昌财校，阿姨留下的字条字迹工整，她也许是这所学校的一位老师。

财校后来被拆除，变成了现在的卓越广场。朋友在 A 座买了间办公室，我经常过去玩，每每停好车后，我都习惯性地在能俯瞰整条云集路的车站广场站一会儿。如果能跨越时空，我看见刚在宜昌打工时的自己，每天晚上站在远处的解放路天桥向火车站望，距离模糊了东山公园，那些粗大的樟树和涂满好多颜色的游乐设施都变成了黑色，唯有车站圆形穹顶立着宜昌两个字，亮着红色霓虹，光芒万丈。

2005 年离开清泉村后，宜昌成了我的终点站——我在八二七找了一份工作。

这是宜昌最大的建材市场，我在入口处的大韩橱柜画图，但租住在环城南路的中书街，每天步行下班沿西陵二路下行在夷陵大道左拐。繁华的 CBD 还未建成，夷陵大道最宏伟的建筑是 3E 商务大厦。每每经过这里，我都期待自己能在这栋楼里找到更好的工作。

如果时间很早，我会拐进西陵一路儿童公园的大门。这个公园很大，在这儿生长很久的香樟树躯干粗壮，枝繁叶茂，浓密的树叶遮住了天空，树荫下有一些精巧的小房子和很多儿童游玩设施。这个紧临夷陵广场的城中公园，任何时候都是喧闹的，行人填满了大部分的道路。

我的姐姐以及表哥表姐，都在宜昌读过中专，他们寄给母亲有着明显宜昌城特征的照片，背景很多都是儿童公园里的某处。我学着照片中的姿势重新坐在这些地方，总能释怀自己在陌生城市里的孤独，甚至感受到片刻温暖。

租给我房子的是一位奶奶，她的儿孙都在外地，她很欢迎我的到来。中书街是城中村，许多两三层年龄比我还大的小房子尽可能地挨在一起。老奶奶有 3 间房出租，我是最后的租客，一间没有窗户、伸手就能触摸到天花板的斜顶阁楼，最矮的位置不及一人高，上楼需要穿过她的客厅。老奶奶在某天早上握住我的手，做了一个保密的姿势，随即翻开手心，里面有一把黄铜钥匙。这是她的大门钥匙，这也意味着绝对信任，只有我能随时进出。

中书街连着学院街，从学院街走到解放路天桥只需 10 来分钟。每晚我都要领略宜昌当时最繁华的解放路。解放路天桥其实架设在云集路上方，云集路到火车站有端正的几百步台阶，这让立在车站房顶的宜昌两个字宏大醒目。

这一年，我实现了对母亲的许诺，接她来宜昌过了 58 岁生日，返回清泉那天，母亲环望即将离开的宜昌城，泛着眼泪说：这辈子值了，做梦都没有想到能在宜昌玩一回！

当时的母亲没有料到，宜昌这座城市会成为她永远的牵挂。

2018 年 5 月，女儿在宜昌市第一人民医院出生，这是我生命里最重要的一个节点。喜悦之余，我想给母亲写一封信，病房不能抽烟，我从医院出来走到解放路天桥，这段行程和我在 2005 年从中书街到天桥正好相反，但距离差不多，起点是解放路一端，终点是天桥。

宜昌东站也早已经建成，火车不会再到宜昌站。我站在曾经每晚都要停留的位置，云集路依然车水马龙，但车站广场已经看不见星星点点的人影，唯车站穹顶的"宜昌"二字，一如当初，云集路两侧璀璨的流瀑霓虹灯都不及它的光芒。

打火机升腾出火苗的一刹那，我想起那对兄妹，甚至想起了哥哥当时香烟的牌子，想起他安慰妹妹的声音，想起了给我们送被子的阿姨。感谢上苍给了我遇到这些人的缘分，可太短暂了呀，一晚上相对我们漫长的一生，只是一瞬间。

中介打来电话，告诉我白龙岗的房子卖掉了。我最开始很高兴，高兴之后有了更深层的怅然——这是我在宜昌购置的第一套房，最初的家，更是女儿开始认知世界的地方。女儿一岁里的很多时间，都在楼下的白龙岗公园度过。书上说，婴儿的视力发育期在三四个月大，这时她已经一岁多，而且她的小脑袋里已经储存了不少关于这套房子的记忆。

2018年8月，我们搬离了宜昌市胜利四路47号，去往伍家岗区中南路。我们仨特地在房子和小区门口照了几张照片，女儿一脸懵懂，我默默祈祷这里不要有太大的变化。待女儿长大后，我一定带她回来看看。

同年，女儿有了自己的户口簿，籍贯栏抬头写着宜昌市伍家岗区，与200公里外的清泉村，在字面上已看不到关联。

关联着这两个地方的，是母亲和我对彼此永远的牵挂。

傅家堰中学

初识老者（傅家堰中学）时我9岁。陪母亲送姐姐读书，学校就叫傅家堰中学。它在离我家20公里外的集镇上。这所学校建立得早，我的很多长辈都在这所学校读过书。

我们转过一个叫高崖的路口，一栋建筑清晰地出现了。这栋建筑仰靠的山脉舒缓，在一片山高水深中显露与众不同的平和优美，就像女孩倾着45度的纤长手掌，学校在正手心，向上，青葱的树林格外突出了这栋贴着白色马赛克墙砖、有着宽大窗户的五层教学楼。这是这个区域最高的建筑，它借着山势居高临下地俯视我，差点让我窒息。

母亲带着我们绕着集市转了一圈，给姐姐买了一些日用品，再让我见见世面。这是一个不太友好的地方，街市上的人用很生分的眼光打量着我们，母亲积攒很久的钱被他们用一种相当不屑的手势取走。我没有太多表达自己情绪的机会，柜台稍比我高一点儿，我看不清里面那张面孔。

从集市沿着马路向上1公里处有个大的拐弯，在这个弯的尽头，就是傅家堰中学，一排长长的瓦房把学校和马路分割开来。

母亲拉着我的手，穿过偌大的操场，操场左边的教学楼高大挺拔，我看不到楼顶也不敢抬头看。楼和操场中间有个平台，上面有几株长相很周正的雪松。对称的两组台阶列在两侧，这是非常艰难的一段路程，我没有见过这么多比我大的孩子，他们像风一样从我身旁掠过。

13岁时我背着行李沿着姐姐走过的路开始寄读于这所学校。

初识时我是憎恨它的，因为学校的地址让我离母亲更远，这会使我们分开的时间更久——她已经50岁，不可能像姐姐在这里读书时一天行走20公里路来看望我。从小我和母亲形影不离，对她有着莫大的依赖。在桥坪小学寄读时，每星期才能见一次面已经到达了我们分开时间的极限，而且开始几天我不吃饭也不喝水，打开饭盒，我平时最爱的炒土豆片已经发霉，但依然舍不得倒掉，因为这是母亲亲手做的，有着某种厚实、直接的关联，看着她做的东西能消解我对她的思念。

傅家堰初中的寄读规则是12天放假一次，而且高崖阻碍了我的视线，我看不到清泉村的任何影子，我到了一个完全陌生的世界。

当我能很从容甚至有点嚣张地走在傅家堰中学的操场，是在初二时，和许多小伙伴挽在一起像一只蜈蚣一样走上那些台阶进入教室。我们都盼望每星期就4节的音乐课，教音乐的郝小露老师和我姐姐长得像，漂亮但没有太多的面部表情。她不爱笑，也只比我们大一点点，刚毕业，上课时从不讲音乐课本上的东西，也从不呵斥大家，每每走进教室后，都靠着黑板右腿向后弯曲抵在墙上，把课本抱在胸前。她知道一些旋律轻快的音乐，比如

《蜗牛与黄鹂鸟》。每次教半节课后她都让我们自由活动，自己则站在窗前向远处眺望。我知道她会看到窗外那棵高高大大的香椿树，它比脚下的雪松高很多很多，在秋天树叶落尽后露出两个朝着不同方向的喇叭。每个黄昏都会播放《涛声依旧》。

如果在吃饭时间，操场会奔走着几个用塑料袋扛着饭的人，男生们都立在自己宿舍门口，拿着饭盒，流着口水，神情严肃，他们在热切地等待这些人肩上的饭。学生食堂在操场另一头靠近女生宿舍的位置，初有自尊心的男生不希望被女孩子发现他们太能吃，故委托一个人去买全班男生的饭。

视线越过操场，会有一座低矮的石头山，高度仅和教学楼三楼平齐，上面稀松地长着一些茶树，茶树之下露出青色的石头。雨水洗刷了表面的泥土，让这些石头异常干净，天晴时上面总铺满各种颜色的被子。许多打发不完的黄昏，我们就坐在这些石头上聊天，同情地望着对面教学楼还在上课的班级，听毕业生唱着悲伤的歌，看着天色慢慢呈紫蓝色，在晚自习的铃声中不情愿地走进教室。

教学楼的另一侧有一个没有硬化的小操场，一下雨就是一个池塘，偏偏这上面有 3 个乒乓球桌，雨过天晴时总有少年双脚踏在两块破砖上，在水中央招展身姿打球。教学楼长长的走廊也靠着这一面，水泥栏杆上有一长排的小脑袋，一些伙食很好、发育不错的学生已经开始观察自己喜欢的女生了。

一片高大稀疏的橡树从小操场向上延伸至几百米外的农田，树林边缘和农田间有大片的杂草地过渡，舒缓向上的山体在这里有个小的隆起，裸露出巨大的石头，站在这块石头上，几公里内的乡野宛然在目。前方是高崖，距此 3 公里左右，大片整齐的树林蜿蜒向上。我们的视觉和嗅觉极为发达，能认出结坚果的栗子树和挂着猕猴桃的藤蔓。最远处是仙人岩，它被泗洋河犁出的一条10多公里长的沟壑阻隔，是这片山区最高的峰峦。几堵刀劈一样的悬崖无穷地高，水从陡峭的山涧涌泻出来，在高高的悬崖顶部跌落。这些瀑布是这片山区最壮丽的风景，它们撞击着山岩，发出巨大的声响，雾化后的水不断滋润悬崖边上的灌木，让这些植被绵密生长。黛赭色的悬崖和浓密的绿色让这座山体在夕阳下显露出非凡的巍峨，起伏延绵十几公里的天际线尽入眼帘，一些小村庄坚强地攀附在坡地上，露出灰色的房顶。茶树顶着小圆脑袋整齐地站列在这些房子周围。傅家堰的乡亲贫穷，但勤劳。

这里大多数人没有文化，他们对小孩子的教育粗暴直接，信条简单务实，不能骂人，不能偷东西，考试分越高越好，稍有违反就揍一顿。我在小学时考不到60分，母亲直接就一耳光，从不问为什么。在傅家堰中学，我很少挨打，因为考试总分变成了120分甚至150分，母亲还是用60分来衡量。

所以在傅家堰，中学是最受尊重的地方。它是莽莽苍苍的大山中明亮的灯塔，父母们常常以认识几名老师为荣。

1998年秋天，初三上学期，我和几个朋友经常强迫低年级的同学高价买我们赊来的白糖饼子，自己过得稍稍从容。学校正在"普九"，老师去劝导辍学的同龄伙伴，最开始莫名其妙地放假，后来学校感觉过意不去，分了快慢班，把优秀的学生集中到一起分到快班。4个慢班的学生在老师眼中好像是后娘的孩子，其实我们感觉得到了万般宠爱——经常是上午来名体育老师教英语，下午换个音乐老师教数学，教室中莫名其妙地多出几名同学，班主任都搞不清自己班具体有多少人。

晚饭后一群朋友越过小操场边上的橡树林，躺在石头上，看着照射在仙人岩上的夕阳一道一道地消失。我们已经不关心晚自习的铃声，小伙伴中已经有工作过再返校的，这位15周岁的同学用他枯瘦的双手握着半截树干，对着地面嘴里发出突突的声响，比画在工地用风炮打眼的场景，最后拿出一个打火机给黑夜带来一点儿亮光。这是一个罕见的金属防风打火机，发出纯正的蓝色火焰。我们第一次触摸到这么高级的物件，手感极佳，每个人操练了几下，还给他时已经再也发不出任何的光芒了。

第二节晚自习结束前有同学要去打第二天的洗脸水。傅家堰中学一共就两个自来水龙头，相对1000多名学生，即使有一半人不洗脸水也不宽裕。初三时我们已经有规划，趁补课时去低年级寝室拿两个塑料盆，每天晚上在大多数人上课的时间从容接一盆水放在寝室中央，用一个盆盖住。凌晨5点，整个学校的学生冲锋一般攻占水龙头时，我们很潇洒地在寝室内解决——二十几条毛巾下去刚好都蘸湿，水都不用倒。整个初三，我们过得非常体面。

人生中的最后一堂课在1999年7月，班主任在讲台上告诉我们要知耻而后勇，不要因为在慢班而放弃了理想，要搏一搏。这名叫张泽华的老师是正规师范学校毕业的，他到过宜昌甚至更大的城市。在傅家堰这片贫苦的山区，也是为数不多知道这群不争气的学生将面临何种道路的智者，但他无能为力，毕竟我们的理想是拥有一只发出纯正蓝色光芒的防风打火机。

接着中考，初中毕业。

几年后我很快忘了这里，我和同时辍学的许多小伙伴用枯瘦的手握着钢笔以外的工具，走了不同的路，走过了许多的山山水水，走过了很多个3年。再回首，我们的少年时代结束在傅家堰中学7月的那场考试，我们像在电影院中途离场的观众，无论影片有多么精彩和多么让人不舍，也只能在离开时回头看几眼，有时候也羡慕还能留在这里的观众。

  前不久我路过这里，许多建筑格局都已变化翻新，长长的瓦房被新砌的院墙取代，上面悬挂着傅家堰乡民族中学的牌子。13岁时的我认为最为复杂和充满力量的建筑，今天单薄地站在我眼前，散发着孤单和忧愁。我在这里念书时学校有1200余人，而现在已不足400人，但我还是看到了隐藏在单薄后面的力量，它依旧能摧毁我。

  人们都说往事会渐渐消散，直至被时间埋藏得没有痕迹，但看着这些建筑时，我意识到这句话是错的，这个叫傅家堰的中学几乎铺排了我这些年所有的回忆，所有的往事往回走，都会到这里，到这个操场和某一间教室。

  我花了很多文字来陈述这所学校的布局，包括周围的风景，不知道是否有意义，因为能打开人们回忆的纽扣都在不同的位置。我所在意的、留恋的，也并非这些建筑本身。我记得傅家堰中学，是因为我在这里经历了人生中最好的时光，从1996年到1999年，在这里的3年，傅家堰中学造就了今天的我。

  在此时，我依然在伤感地回忆着那段温暖的时光，回想那些从未真正体验艰辛的少年们的面孔。

夷陵广场

好久没有来夷陵广场了,即便路过,我更多的时候在看刚翻新的国贸大厦。

但我始终记得第一次见到它的样子。

20多年前,我的邻居姐姐在宜昌读书,带回一张照片,她的背景是九洲大厦,她则站在广场喷泉边上,跃升的水柱在灯光的映照下,晶莹漂亮,如同一脸笑容的姑娘。我至今都认为在清泉及至整个傅家堰,这位邻居姐姐都是第一漂亮的。

其实我就看了照片几秒钟,但依然深刻记住了上面的一切内容,像技艺精湛的石匠,把最生动的部分都雕刻在我脑海里。

当晚我陪母亲去桐树井挑水,月光下山泉清澈,一动不动盛在5块大石头组成的井里。我比母亲先到一小会儿,趴在井口把嘴巴伸向水面,尽可能把小肚皮灌满。在家里,晚上没有机会喝太多的水,怕第二天是阴天,尿床后被子不易晾干。

在静静的水面上,我看到了自己的脸,看到了天上的月亮。我忽然想起照片上干净的喷泉,有点嫌弃地不想再喝。桐树井有个石头砌的小穹顶，但井底依然落下一层土垢，跟在舀水的瓢后面荡漾。

对夷陵广场的向往，是从这里的喷泉开始的。我想，若有一天，我肯定要喝一下照片中的水。

这个想法埋藏得很深，十几年过后的2003年我才到宜昌，姐姐在凌晨的浓雾中送我，隔着车窗喊："二林，等火车时就在夷陵广场玩一会儿，那儿离车站不远——"

我应该是从云集大道转过来的。九洲大厦像一面很高的悬崖，伫立在面前，我惊措局促，和夷陵广场的第一面隐在恐慌之中。我走到离九洲大厦很远的位置才敢坐下。围着草坪的大理石台阶不高但是很宽，我生怕会滑下来，双手抠在台阶边缘才坐定。

草坪上有师傅在施肥，他们阔绰地撒下大把大把的尿素。在清泉给全家赖以生存的高粱施肥时，如果我把肥料丢在离茎苗10厘米外的地方，母亲就会大声责骂，问我是不是想让草长得高些。

即刻我羡慕这些布满广场多数空间的小草，比清泉的高粱苗更享福。

广场上有许多神态自若的行人，他们并不关注脚下的路，从容越过高高低低的台阶。顺着这些台阶，我找到了喷泉，它居然在我的正前方，虽然没有水柱升起，但我依然认出来了，甚至能确定照片中邻居姐姐站的位置。我期待又很害怕喷泉会工作，毕竟此时，我没有勇气去喝水，即使十分口干。

没到夷陵广场前，我见过最大的平地是傅家堰中学的操场，还有幺姨家所在的大龙坪村。但大龙坪中间不是一人深的高粱就是枝丫丑怪的核桃树，傅家堰操场上行走的每一个人，看背影都知道他脸上挂着什么样的笑容，会用怎样的语调叫我的名字。第一次在如此开阔的场地，看到有人清晰地从远处向自己走来，他们的身影在变大，表情从容，我有点心力不支，头在自卑中越埋越深，都不敢抬起来，以至于感觉夷陵广场摆放的盆栽苏铁都比自己高出许多。

次日我开始北上谋生，慢慢忘了这里。

2004年我再次坐在夷陵广场，很随意地找了个位置。其实人所谓的成长是个失去的过程，我始终记得第一次见到夷陵广场，我怀念当时的局促不安，但成长让我记不清第二次，因为这已经不是一成不变之后的偶遇了。在北方，我有幸领略了河北的人民广场、博物馆广场、青岛的五四广场，甚至天安门广场。我对远方的向往实际就是贪婪，日益强大的贪婪影响我去追溯美好的往事。

和第一次唯一相同的是，我依然在等火车。我把手臂从背后伸直撑在台阶上，让身体呈钝角仰身面向九洲大厦。我不再害怕这栋年迈的建筑，也许是考虑了建造成本，它的正面开了许多小的窗户，杂乱的空调外机悬挂在窗外，局部小块的玻璃幕墙像大龙坪村田中间的核桃树，即使它高高在上，依然感觉是在平视。

只是等待依然漫长，中午我躺在大理石台阶上把行李垫放在脑后，用一本书盖在脸上挡住耀眼的阳光，直睡到下午3点，才从容地越过山庄路，继续北上。

这期间广场的喷泉也许如我儿时曾经期待的那样跃出过晶莹的水柱，但我心中长满羽茅草，这种根茎不大但会向四面蓬开着的植物布满小刺，荒芜了我的前程和归途。离开时看到草坪上有推着剪草机的师傅，嗡嗡声中长势正好的小草被拦腰斩断，我想，这些草其实蛮可怜，远比不得我家的高粱。

2005年我告别了华北平原，在西陵一路的八二七建材市场找到份工作，电话中告诉母亲上班的位置离夷陵广场很近。

休息日，年龄相仿的同事经常约在广场打牌，女孩们清脆悦耳的笑声和对家手中的牌让我对草坪和苏铁彻底没了兴趣。喷泉依然兢兢业业地工作，我知道这水看似干净，其实混杂着浓烈的土腥气味，别说喝，洗手都被嫌弃。侧面的均瑶大厦正在努力拔高，除了广场本身，周围的一切都发生着变化。

在宜昌安顿好后，我开始喜欢在黄昏时经过夷陵广场，坐下来用臂肘撑着膝盖，看广场上各种跳舞的人。从喷泉到所有能站立的位置，都布满了人，虽然各自的音响都放着不同的曲调，但他们总能找到属于自己的节律，整齐地跟随节拍。两种不同舞姿中间的空隙，是留给行人的通道，我侧身经过这些通道，去国贸大厦边上的肯德基里蹭空调，其间我也回忆往事，回忆关于夷陵广场的一切，但发现这是没有归途的路，相对于过去，我开始更加渴望未来！

今天去给客户送发票，他的办公室在广场边上。事情办完后我在广场转了一圈，坐在曾经的石阶上，这些米灰色的大理石承载过大部分宜昌人的脚印——有人在这儿驻足，有人在这儿走向远方，也有人从远方回来，重新站立在这里。看到顶着稻花香广告牌的九洲大厦，毗邻的CBD小区，我熟悉这些建筑还有它们的内部结构，我在这些建筑的窗户里眺望过夷陵广场，我也在一些陌生人的目光中，从远处走向它们。

我看到更远处是晴朗的天，和飞羽般洁净的云朵。只要愿意，我可以是一名宜昌人。我此刻站在自己曾经认为是未来的路上，怀念清泉老屋边的两分地，上面种有辣椒，谷雨时节，地里会开密密的小花。

灶　屋

1993年，我们家晚饭都是在灶屋里吃的。

其实每顿饭都是在灶屋吃的，可能晚饭更让我印象深刻。

泥坯灶打在墙角的位置。清泉村的土黏性差，不合适做灶，本来抹平的灶体烧得千沟万壑，添一把柴后，烟即刻从里面向外喷涌，整个灶屋都被熏成了黑色。

饭做好后母亲先要去喂猪，我把灶里没有燃尽的柴火退在灶膛门口，添一把玉米芯，上面放个有三条腿的铁架子，把母亲盛菜的小铁锅放在火上，趴在灶旮旯里面噘起嘴吹向火堆，干燥的玉米芯很快便燃了起来。

火光让灶屋明亮起来。我吹灭煤油灯，舒服地躺在灶旮旯里的玉米芯堆上等待母亲吃晚饭。姐姐在寄读，家里就我和母亲两个人。吃饭的时候，猫被母亲撵得很远，这是我们家最艰难的时候，小锅里没有肉，煮的是炼油后的油渣，熏过两个季节的肉有一种陈皮的味道，炼成油渣味道更浓，我不喜欢吃这个，可母亲依然舍不得自己吃，也不让我偷偷地丢给猫吃。

好在这个季节白菜正好,清晨的薄霜除去了白菜的草青味,透着一丝丝甘甜。母亲做的酱美味无比,煮开后的小锅冒出的热气冲淡了柴火燃烧后呛人的烟。灶屋回归了初衷,这是一间有着饭香的屋子。

母亲是位情感丰富的人,她不停地往我碗里夹煸干后被煮软的油渣和白菜叶,自己嚼着干饭自责地说:"二林,你长大了不要记恨我呀!"

灶旮旯空间很小,燃着的玉米芯让这里温暖如春。其实我除了纠结猫晚上回不回来陪我睡觉,没有不开心的地方。我非常依赖母亲,感觉只要和她在一起,就是最愉快的时光。

第一次见到瓷砖灶是在幺姨家里。

灶面贴着白色的长方形瓷砖,盛菜的碗放在上面稳稳当当;靠近墙角的位置做了个方形的水缸,中间留有操作台,切菜板可以平平整整地放在上面;灶身抹着素青水泥面,一个四方形的烟囱笔直向上地透过房瓦伸向室外;对着做饭的一面还贴着块镜子。

灶膛加柴后不用噘起嘴吹火,烟囱中上升的气流会像一台抽风机,让火苗发出呼呼的声响,吹火筒都用不上。整个灶屋干净漂亮,只留有锅中烹的菜的香味。我想,等我有钱了,一定先给母亲做个瓷砖灶,把灶屋的木楼板也换了,烟熏黑后的松木板像热值高的煤块,在某些角度甚至能看到它们闪着光泽。

平静的日子就像昨天的下午,总在回忆里。

灶还没来得及贴上瓷砖,我开始不喜欢在灶屋里吃饭,不宽裕的家境围困了我的叛逆,初有自尊心的我开始感受到穷带来的许多不便,于是我开始无声息地和母亲对抗——锅里要小火时故意添一把干柴，需要大火的时候又扔进去几块湿劈柴，被捂后的火升腾起浓浓的黑烟，灶膛里铺的泥被我用火钳捅出许多孔隙，翻卷上去的烟呛得母亲不停咳嗽。

饭熟后我不再等母亲，搬着一大一小两把椅子摆在晒场当中，菜放在大椅子上，吃一口后大声嚷咸了或是淡了。

母亲喂完猪后坐在灶旮旯的小椅子上端着饭，菜差不多被我吃完，几只空碗趴卧在不平的土灶台上，灶膛中闪烁的火苗让母亲苦楚的面庞一明一暗地交替闪现，她脚边躲着被我踢得到处跑的猫。

从真正离开清泉那天，我再也没在灶屋里吃过饭。

即便家里也打了瓷砖灶，即便就母子二人，她也会炒很多菜端上餐桌。母亲舒朗的笑容从深深的皱纹中溢出来，流露在整张脸上。

好多菜根本没有动筷子，我开始怀念在灶屋里吃饭，提议下顿饭不用在餐桌吃，灶屋里就行。灶台很大，放四五盘菜没有问题，而且灶屋也装了换气扇，10多年的松木楼板依然是木头本色。

母亲客气地说："不行，你现在是客，怠慢了怕你不想回来咧！"

我不应该是客人，但家里的猫都已经认不出我来了，它躺在母亲怀里，无动于衷地看着我，像看着一位陌生人。

年

10月，母亲把在竹卷席上晒干的玉米背到灶屋楼上的隔间，陡峭的木梯让她疲累不堪，每上一步都要吁一口气。她皱着眉头数数字，从1到9，这架木梯一共有11步，到第9步时母亲会发出第三声的"呵"。晒干后的玉米很容易从背篓口越出坠落，摔在地面后玉米粒四下飞溅。我仰着小脑袋盯着这些调皮的玉米粒，很迅速地把它们拾起放进口袋。

如果在丰年，我们家能收50背篓左右的玉米，数到50后母亲眉头舒展，开始感谢自己在夏天咒骂过的天气，甚至还感谢离开我们的一些亲人，是承蒙他们的保佑，今年才有很好的收成。可是，上年遇风灾，吹倒了许多才出穗的庄稼，还没有数到45，竹卷席上已经凑不齐一撮箕，母亲焦虑无助，自言自语地说可能是播种的时间有问题，明年种地一定要好好看下农历。下楼后她无望地盯着楼板，跟我讲明年年猪的膘都会薄些。

我还不知道安慰她，依然兴奋地问，几时过年啊？我记得要收玉米时，离年应该不太远！

冬月，庄稼都已经收割。

空旷的大地裸露着赭色的熟地，比夏天瘦了一圈的太阳挂在湛蓝空旷的天空，凸显出核桃树细小的枝梢，上面停留着晃着白色尾巴的山雀。

母亲把磨得锋利的镰刀伸向田埂上落尽树叶的荆棘，酱黑的果实已被小鸟啄食干净，这些没有多少水分的枝条即将完成最后的宿命，垫在土堆下燃烧成灰烬，成为明春的肥料。

我拖着一只撮箕，把玉米埋在地里但已枯萎的根拔出来，在箕帮上敲除土粒。这是枯燥无味的工作，好在母亲没有在意我能否做好。

玉米根部有一圈气生根，像灯笼骨架般扎向地里，形成一个小的笼子。我把蛐蛐放进这个笼子，看它们跟着慢腾腾的时光转圈圈。它离不开这个笼子就像我离不开清泉，离不开母亲的目光。

关刀崖最高的山峰挑着日头，母亲点燃荆棘，乳白的烟柱开始升腾。火苗烤出了草木的油脂，散发出淡雅的烟灰味。这种味道只能在这个季节才能闻到，一旦能闻到这种味道，离年就真的不远了。

凌厉的北风起势很猛，但要越过大湾岩才能到达清泉。这一片除了钢青石的石头，就是比人更高的灌木。风累得踉踉跄跄，越过我头顶时除了留有燃烧草木的味道还渗有麦芽糖的甜香，我踮着脚贪婪地闻着风中的味道，问母亲几时过年。

腊月是闲月，清泉对面的横冲荒初有积雪。

灶屋楼上隔间的玉米被风透去了最后的水分，母亲拿着煤油灯，用一只小板凳固定住火钳，让玉米绕着火钳旋转，玉米粒一颗一颗地脱落，脱下的玉米粒静静待在这个狭小的空间，逮老鼠的猫走在上面都会发出哗哗的声音。

无论今年收成好歹，母亲都会背下最好的一背篓玉米粒，干透过烟的玉米粒金黄中渗出了微红，手抚过有哗啦哗啦的声音。这些玉米粒在石磨上碾碎放入锅中熬煮，过滤后在晚上就能做出口感纯正温和的麦芽糖。母亲把粘满糖稀的筷子分给我和姐姐，这个裹着麦芽糖的筷子臃肿但剔透，能看清里面的小气泡的弧面折射出的亮晶晶的光芒。

这是年的味道，余味悠长，能在舌尖感受到，比风中的更真切醇厚。

故去的时光美好而真实，我一直以为只有在清泉，才有最好的年。

2003年我在石家庄，北方的季节变化迅猛，夏天刚结束，风才转方向，几场不曾见过的大雪就告知秋天已结束。

年将至。

K49列车的运力有限，我没有钱也买不到回家的火车票，在石家庄城北的义堂村，我将独自过年。

往日的时间静止了，我闻不到草木燃烧后的味道，也感受不到清泉温和的风。这里的玉米都用收割机收割，早上还立在地里的庄稼在晚上便可以盛在碗里食用。村口煮面的小夫妻要回山西，把余下的各种臊子都盛在我碗里，腊月二十六，我吃了生平臊子最丰盛的一碗面。我想去火车站送送他们，同事们都已经回家，在这个城市的年终岁尾，这将是我最后能对话的人。

我还没有手机，家里也没有电话，年三十早上我打给邻居让他帮约下母亲接电话，下午两点，我在电话中听到了母亲的声

清泉村·宜昌城 | 41

音。我能离开清泉出门觅活她很高兴，但邻居家里团圆的场景还使母亲陷落在悲伤中。

在 1000 公里外的清泉，母亲这一天其实没有吃东西，她拿着锄头把屋后排水的阳沟铲得比堂屋的水泥地面还平整。

之后的许多年，我都在过年前几天才回到清泉。母亲没有再做麦芽糖了，虽然她已经不在意当年收了几背篓的玉米。灶屋楼上的隔间，猫都懒得去，它蹲在炉子旁边等我们炕的小鱼干。我拿着电视遥控器或是电脑，见天不出门。田间偶尔也有燃烧柴火的烟柱，但这烟柱携带的轻微味道怎么也敌不过满村子的香兰素？

年还是年，只是时光没有那么具体，我们对年的期待藏在家人对团圆的期望中，再无其他。

2017 年，我已经在宜昌定居，妻子待产，我又一次不能回清泉过年。

大家都期待这位家庭新成员的到来，母亲尤甚。

这时她不仅有了座机电话，还有了一部手机，她每天都会打来几次电话，把在做什么事说一遍，然后问我们在干吗。这位老太太没有一丝丝伤感，也不在意过年不过年。

除夕前姐姐回去开通了宽带，过年当天母亲就拨来视频电话，我听到清泉零星的爆竹和母亲比平时更高的吆喝声，我问她为什么没去锄阳沟，母亲想了一下说："没锄，现在都是水泥做的沟，没有草长出来——我把手机拿过去你看嘛！"

年在我们家以前贫穷而困顿的生活里，是一个略微从容和幸福的符号，所以我期待。感谢这个伟大的时代，感谢亲人和朋友，我想，在我们家以后的生活，每天都会像过年。

土　豆

小时候我最想吃米饭。

米饭上面浇一勺土豆丝汤是一段时间的梦想。

母亲知道我这个梦想后，建议长大了在水田坪或是长阳枝柘坪当上门女婿，这两个地方产米，顿顿吃米饭想必不是太大的问题，土豆嘛，我们自己家产。

这个沉在岁月深处的梦想变成了暗涌，成长中见到水田坪和枝柘坪的女孩子，我都莫名其妙地有好感。

前几日母亲来看刚出生的孙女，天天帮我们做饭。我以前当过厨师，评价说这个菜多油那个菜少盐，当发现言语不妥的时候，母亲已经很拘谨，筷子和手的角度明显变小，不再伸向盘子，或是吃一点儿我说的难吃的那盘菜，草草放下碗去逗孙女。

妻子看不惯我的做派，对母亲说："妈，别听他叽叽歪歪挑三拣四，您下午炒个土豆片，我想吃您炒的土豆片，谁有您炒得好吃呀！"

母亲开心地回复："好好好，我晚上炒一大盘！"

确实没有人能比母亲炒的土豆片更好吃。她用腊猪油把蒜泥和辣椒酱爆香，土豆切得很均匀，下锅后，大火翻炒，再用小火微焙，每片土豆片中间软糯，边缘带着一圈焦黄，滋滋冒着油，衬得桌上其他的菜都已不重要了。我把土豆片和米饭搅匀，一勺子一勺子往嘴里填，母亲恢复了自信，向大家表示如果是铁锅，味道会更好。

我在读初一时家里很困窘，学校的大喇叭经常叫我回去拿欠的学费。

回到家后母亲出门去邻居家借钱，晚上回来非常伤心地告诉我没有借到，让我回学校找她小时候的邻居，也就是现在的校长说下好话，对方也许能通融一些时间。这时母亲会取下一只熏过的腊蹄子让我带给校长。

第二天早上起来母亲已经出门干活，火炕里煮着一炊壶小土豆。我把腊蹄子倒出来装着这些土豆返回学校，走到村旁的岩口子时把它们放在一块大石头上迎风摊开。

这些土豆个头不大，但整齐圆润，顶头处绽开一个十字形的口，翻露着饱含淀粉的薯肉。我仰靠着大石头，飞快地吃完了这21个小土豆。

时令在冬至附近，初有北风。这个季节做菜的大土豆已经吃没了，母亲给我煮的是马上要种进地里的土豆种子。

这是土豆耕种的季节。

岩口子是横在清泉村旁的一道山岗，我仰靠着石头都能看清大半个清泉村。褐色的大地已收割干净，农耕为主的山区，能耕种的地方都被开垦。田间细小的路艰难曲折地从水田坪延伸到关刀崖。农民对养活自己的土地非常尊重，总是怀着敬畏的心播种庄稼。

  他们用细绳在地里排出准备种土豆的行沟，沿着细绳撒下柴灰后形成一道道笔直的线，依序排列。对比所有的不规则，这些线条显露出特别和高贵。黑色的有机肥是用圆形的篾篓人工背到地里的，虔诚地倾倒在这些灰白的直线上，像落在琴谱上的谱号。

  我开始为吃了家里的土豆种子感到愧疚，对读书也毫无兴趣，再说这幅画面比曲里拐弯的英语字母好看太多。

  当然书本也不在意我，3年后我辍学成为一个农民。在田野降满白霜的凌晨，我们把农家肥填满整齐的行沟，用一根小木棍比着间距，一粒一粒地填放我当初吃的那种一样圆润的小土豆，再把两边的土壤向中间培成垄。

  有我的帮忙，收工比平时早，母亲在路上说最喜欢种土豆，因为我和姐姐都喜欢吃。一会儿她又抹着泪愧疚地讲："二林，你莫不要在这儿种一辈子土豆吧？"

  2002年姐姐被一所乡村小学辞退后在五峰城关自己创业，我帮忙带外甥。

  我们租住的房子在天池河最上游一座桥的桥头，条件简陋。这所房子依山而建，我住的房间不仅没有窗户，下雨天还能透过素水泥砖墙听到山体深处水流的声音。过道处有间小厨房，放着一台必须按三四次或更多次才能打着火的灶。彼时我们对每顿饭的概念与今天略有区别，因为我们发现了一道简单美味的菜：腊肉切条加西红柿煸香注水烧开，放入土豆块煮20分钟即可。

  40厘米高的煮锅直接放在地上，我们把凳子倒放平，围坐在四周，盛汤的勺子我们手中不停易主，比嘴巴还忙。

母亲每月从家里支援的一口袋土豆让我们愉快地度过了艰难的两年。

多年后我第一次吃肯德基，在上海的浦东南路，惊讶地发现，薯条居然配的是番茄酱。在许多的嘲笑声中我问服务员："有腊肉汤吗？"

其实我非常同情嘲笑我的人，他们一生都不曾吃到过纯正的土豆加西红柿制作出的惊人美味。

同一年，姐姐在五峰新县城经营一家的厨具品牌店，她在家装了一台价格等同当时3年房租的烤箱——主要用来烤土豆。

如果不把土豆上的泥巴清洗干净，就能烤出像在刚刚燃烧过的劈柴灰中煨出的香味，配上母亲做的辣椒酱，大家很快便忘了电饭煲中还有20块一斤的米煮的米饭。

我感到儿时梦想中米饭的口感其实是很单薄的，它肤浅的味道其实没有打动我，我真正喜欢的是浇在米饭上的土豆味道。

在宜昌定居后，我曾经发现有家店的鸡子火锅好吃，去了几回发现比火锅更好吃的是这家店的炒土豆丝——师傅放了一点点泡山胡椒，土豆丝爽脆而且入味厚——我们经常点4份炒土豆丝，服务员从上第二份时开始惊讶，努力看菜单以为自己上错菜了。

结账时老板娘温柔地说："五峰人吧，我这个土豆专门从五峰山上收下来的，就你们能吃出来。"

五峰人对土豆的热爱在血液里，这个朴素的食物仿佛有我们一生都能依赖的力量，是连接现在和曾经的载体。在悠长清简的岁月中，我们像爱自己的母亲一样，喜欢这外形敦厚的果实，喜欢它平凡简单的味道。

消失的家乡

我不知道若干年后有谁还记得住清泉村的美好,它的诸多特征正在慢慢消失,变得平庸乏味。

也许,清泉村一直是如此的平庸,只是因为我的现实和期待日趋强大,内心所能真正支配的部分愈来愈少。欲望的火焰让我后退到这个位置时,一切美好都浮现出来,它只是珍藏了我内心的宁静和一种很少苦恼的生活。

武陵山脉经过 100 多公里的蓄势,到五峰这个位置时已变得成熟巍然,泗洋河犁开了其中一座贫瘠而壮丽的山脉,河左边的峰峦异常陡峭,高高耸立,右边平缓向上延伸,直至一堵形同关刀的悬崖底部。这中间有些零散平地,清泉村就在这些可怜的平地上。

但这是一个温暖的地方。

我攀上过高高的树丫,蹲在树下的狗几乎变得同猫一样小巧,可我的目光依然被一些更大的树影阻隔,使我没能看到比这更辽远的世界。

我很心虚，所记录的事情是否真实存在过？记忆是一张薄如蝉翼的纸，往事是篆刻在上面的字，一行一列有序排列。回忆是一支涂改笔，总试图把往事修正成现在所希望的样子。

我希望自己能记下一个真实存在过的家乡。

水田坪的米香

在我的记忆中，清泉村最为鲜活的时候是在我12岁前，我踩着小板凳半伏在泥土夯成的窗台上，捕听水田坪的稻米摔打在陈旧板仓上发出的厚实的梆梆响音。

声音中浸润着新米的糯香，飘散开来，我知道一个季节将要来临。

水田坪临泗洋河，山势上扬前在这里做出一个细小的调整，形成小小一个盆地。相对周边的高山沟壑，这个盆地清新可爱，浓缩了我能知道的一切美好东西。

泉眼起于关刀崖下，一路涌泻穿过整个村子，至水田坪时已形成可以胜任灌溉的溪流，刚好这里地势平缓，适合种植水稻。

有米是件多么幸福的事情。

我家住在山腰，不产米，但不妨碍我知道这是一种神奇的食物。在过年和我们生病时父母才会拿出一点点，用热水瓶上金属的盖子当作器皿，放在火坑上烹制叫"沾沾"的美味食物。因为稻谷稀少，我们的嗅觉还没有完全接纳这种纯正的米香，谁家在做米饭，半个村子能闻到。

而且但凡有米饭吃，哪怕胃出血，水田坪以外的孩子，不用任何菜吃上三五碗是没有问题的。

今年特地托人从老家带来了水田坪的新米,我期待这种纯正的香甜再次出现,但饭被媳妇摆上桌子后我才发现,这种期待中的场景真叫人失望——我已经感受不到这个美妙的过程,哪怕我去刻意捕捉。

我的经历覆盖了我过去拥有的美好,这种味道仅仅存在于记忆中,毕竟带着马达的脱粒机也取代了厚实的板仓,它加速了等待丰收的过程,让太多的结果一瞬间就呈现。

今天,我有了可以随时吃水田坪产出的米的条件,但我发现自己已感受不到真正的米的味道了。这和我们不断拔高自己幸福的底线一样,让人遗憾。

讲故事的人

1999年起到2011年间,清泉永远都是灰黄两色,村庄里的年轻人和我一样只是在春节回来。大地肃杀,偶尔的青色被大面积的枯槁稀释,如同许多老者一样单薄不显眼。时间抹去一切,而且这份工作它一直在努力做着,明天,我也会和这些魁梧的长者一样,看着孩子慢慢变成壮年,而自己缓缓沉入暮色。

曾经日头依旧,一切都没有发生太大的变化,也许是变化得十分缓慢。村里有许多会讲故事的人,他们并没有使用生动华丽的语句,因为大家都是农民,从事着繁重的体力劳动,俏皮的笑容从这些因常年体力透支而僵化的面庞上绽放出来,本身就是一种莫大的轻松。这个时候没有谁责怪我们坐在泥地上,没有谁讥笑我们上次考试才得了十几分,大家静静地注视着讲故事的人的面颊,期待下一个玩笑的出现。真正的故事永远就那么几个,只是不同人的描述总能让我们感觉到新鲜，就像翻一本熟读多次的书，情节的设计已经耳熟能详，但依然一次次地阅读。其实我们在意的就是这个情节带给自己内心那份喜悦或者是忧伤，而不是书的本身。

我家在清泉盖过两次房子，第二次时我7岁，父母的严厉加上贫困家庭经常出现的窘迫使得我每天过得小心翼翼，吃饭都等帮忙的师傅吃完才能上桌子。

例外出现在一名叫吴恢龙的叔叔在家帮忙的时候。这人个子不高，微驼的背就像蓄力的弓，隐藏着莫大的力量，整天用一条破毛巾裹缠着头发。

他喜欢小孩，喜欢讲故事，还喜欢唱戏，唱《红灯记》中的鸠山。

不仅是我，许多同来的长辈也喜欢听他讲故事。他可以把一些平时听过无数遍的笑话掐头去尾，组合出一个新的来。在大家体力难以支持的时候，会有人粗声地吆喝，唱一个！

恢龙叔叔会应声起那句"鸠山设宴和我交朋友——"

我不知道这句戏词真正的唱法，可他吐出的每个词句都浑厚有魅力，瞬间便能吸引大家。多年后终于听到了完整的《红灯记》，我居然认为这远不如吴恢龙叔叔唱得好。

几天前回老家遇到这位长者，他已经认不出我就是当初无原则听他指挥、去水井帮忙灌凉水的孩子，反倒带着一些羞怯和尊重对我笑了笑。伤感中，我的记忆还原了许多许多场景，甚至有他讲故事、唱戏时的笑容。这两种不同的笑容令我如鲠在喉。我像一台突然断电的计算机，终究没有还原出恢龙叔叔让大家快乐的句子和那些好笑的故事，还有当时自己开心的心情。

路

在我接受的有限的教育过程中,一直印象深刻地记着"阡陌交通"这个词。如果花一点儿时间,应该能想起这个词的出处,但此刻我脑子中,一直是盘绕着清泉很早之前存在的一条条小路,它们有序地出现,就像我行走在上面一样,不断变化周围的景色,最后完全代入场景。

这个村庄里最有魅力的应该是这些路了,如果它们还在的话。

在这个纯粹的崇尚农耕文明的村庄,村民所羡慕和褒奖的都是谁家的地整得漂亮,庄稼长得好。而且除了山势陡峭的树林,这里的土地都被开垦成了田地。

我读书时开学前,要和母亲背一些小麦去兑换现钱。我们穿过大半个清泉村,走过很多条小路,这些宽 40 厘米左右的小路,大都护在熟田的边缘。田地对于农民来说是最大的财富,1 公里的直线距离因为要避开几块像样的田地可能要多走几倍,但这并不妨碍小路组成清泉村完美的通行网络,况且我们从不吝惜多走一段,哪怕须绕经三四户人家。这样母亲就可以偶尔小坐休息,与乡邻聊会儿天,讨论今年的收成以及咒骂不合理的天气。

回到路上,因为负重,母亲佝偻着的身子越来越低,离地面也越来越近,她开始评价:"这家真会种地,挨着他们田边的路都要好走一些。"老练的长者会把浮土培到路面的中间,低下去的两边可以在雨天形成排水的明沟,路中央的浮土被往来的路人的鞋底反复研磨成了细细的土粒,像被铁夯密密地击打过一般硬化板结，在太阳的照射下形成与大地完全不同的高傲色彩。

我们会路过一些高岗，能看见若干条小路从水田坪向上延伸，精细地切割着相邻的稻田。它们也会呈"之"字形迂回穿过树林，像我偎依在母亲腿边一样卧在高高大大的橡树树荫下。两边匍匐来的矮小的灌木被树林的主人大气地铲除干净，太阳被树叶遮挡了大部分光亮和温度，阴凉且开阔——这是最好的路。

1995年姐姐去宜昌读书，我们要到鸭儿坪村才能坐上凌晨6点出发去县城的车。在这之前，我们要步行走过长8公里且完全隐匿在树林中的路，这条路翻过了3个高高的山岗，虽如此，路依然被长辈用低下的劳动力让它越过悬崖时都变得平坦开阔。我们一家人在一个叫岩口子的山坳休息，父亲背着新漆好的梧桐木箱，远处卧着的横冲荒完全淹没在黑色中，低沉的山风吹灭了火把，在一片黛青色的天光中，这条通往村外面的路如此的宽广。

2012年村里开始修水泥马路，3米宽的水泥路成长得异常迅速，它野蛮地割开历年被珍惜的田地。这些优秀的农民有了更切实际的想法，地已经不是宝贵的财富，马路离自己家近更为重要，全村都想尽办法把水泥路引到自家晒场上。

曾经精心整理用来护住土壤的矮石墙，在现代工具面前像折断老者因岁月而干涸了血管仅余下皮囊的尺骨和桡骨一样容易，它用比我们行走更快的速度从水田坪推到了关刀崖脚下。

低劣的水泥路面轻易切断了百余年的自然径流，路边水渠夸张的身躯显露出末流工业的痕迹，流水的声音被枯枝败叶完全掩没，散发着一股陈腐的味道。被挖掘机翻新的泥土上还有倒伏的庄稼，即使它们在秋天依然会有饱满的谷粒，在此刻依然被遗弃，毕竟大家有了更为关心的事情：谁家又添置了摩托车。

  2014年我和妻子从长阳县回家,我很兴奋地向她描述曾经我认为最漂亮的小路,路边蓬在一起的狗尾巴草下隐藏着只能听见哗哗声响的袖珍水渠、盛有清澈山泉能见底的水井、磨得发亮的青石台阶、几段四季都能拾到水果的林荫小道。

  这是单一的文字表达方式很难说清的一种失落,熟地里的野草蔓延开来覆盖了大部分的小路,小水渠干涸龟裂,令人羡慕的稻田已改种普通作物。

  整个清泉像被人遗弃的老者,瘫坐在路边,焦虑无助。和我一样,它也在寻找回到家的路。

曼陀罗

很难说清楚我是什么时候又想起这位女性的。

我家在清泉村，离清泉最大的集镇其实不是鸭儿坪，而是长阳县的渔峡口镇。鸭儿坪就两排房子，除了凌晨一趟班车也很少有车再经过，毕竟这儿是公路的尽头。

渔峡口就不一样，光是船就有早班船和中班船。我没见过船，邻居祖波哥哥讲一船人得坐几十辆车，船一鸣笛房上的瓦都要掉几块，想必渔峡口街上是没有瓦房的，不然建房子的瓦匠要累坏了。

我在 12 岁前，没有去过渔峡口，从大湾岩回来的人是我最羡慕的，他们大声与乡邻交谈，今天去渔峡口看到谁谁谁的亲戚，从耳朵上取下一支带过滤嘴的香烟给他们看，自豪地讲对方还递了烟给自己！这种陷落在童年记忆中的印迹突破了年限，在现在，我依然认为渔峡口镇是个好地方，哪怕我已经去过中国很多有名的大都市。

1996 年夏天，我终于到了渔峡口。

我挑着父亲做的白铁皮撮箕，准备去渔峡口卖。祖波哥哥领着我穿过大湾崖。在庙坪村顶，我最先看到了清江，顺从地静卧在大山之间。这本是一条奔流的大河，但被下游200公里的隔河岩水电站截住后已经看不到水流的痕迹，变得平和优雅。

沿清江河往上有整齐的台阶，一路延伸至渔峡口镇脚。一条"之"字形公路从台阶顶端的平地向上延伸，它比我之前在鸭儿坪村看到的公路宽好几倍。公路两旁立着漂亮的房子。除了码头的台阶，还有更多的台阶连接着"之"字形中有海拔落差的上下3条街，街道的最上方有片葱茏的松树林。

祖波哥哥做生意好多年了，经常跑渔峡口，他向我保证，只去一个地方就能把撮箕全卖了，然后我们去香炉石玩玩。

从码头向上的台阶刚被雨水冲洗得异常干净，我第一次走这么干净的路，每一步都迈得心虚，像是踩在自己家里刚洗过的床单上。满目的陌生加剧了体能的消耗，还没有走到渔峡口的中街，担子两头的铁皮撮箕开始晃荡，发出咣咣的撞击声，像挑着两面锣在过街，随之而来的窘迫像是盛夏的太阳无处不在地照在身上，我开始后悔来到渔峡口。

祖波哥哥找的地方是渔峡口粮食站，守门大爷不屑地看着我挑的器物，神色木然地指着三楼说站长住那屋。

这是一栋老旧的苏式建筑，房子分置在楼梯的两侧。我把铁皮撮箕小心地放在楼梯转角的平台上，祖波哥哥已经敲开了站长的房门，熟络地向其介绍我脚边的东西。说话间，两人进了屋，我被晾在平台上守着两堆铁皮撮箕，好在这个楼梯平台有个窗户，平窗沿焊了一个向外的小飘窗，上面种了许多花。

清泉村有这片山区所有的花儿，初春山风止息，各种不同颜色的花就占据了整个村庄，即使我不知道花的名称，也知道开着的花会结什么样的果实，在哪个月份果实会成熟。

我人生的某个阶段，花儿代表时令，代表一种香甜的食物，我俗气地忽略着花儿本身的美。

她在二楼楼梯转角处时，我正在打量一株没有见过的花，花冠很长而且灵巧，前端像旋转的纸风车，很小的花蕊被渐变的紫色包围在中间。

我怕她以为我在摘什么，背靠着墙慢慢蹲下，双手放在自己挑来的铁皮撮箕上，不知所措地看着她径直走到我面前。她穿着白裙子，中间系着很宽的紫色腰带，几株刺绣的金色向日葵散在领口到收腰的位置。

房间门口放着一个鞋柜，她从里面取出一双拖鞋，轻轻地问我为什么不进屋去坐。

女性温柔的声音收拢了我遗落在角落的目光，也给了我一点点勇气，我慢慢地抬起头，她正在换鞋，我的目光还不及她的裙摆高，仅看到一双精致的凉鞋被几根纤巧的绳子缚在白皙的脚踝上。她抽动其中一个绳头，活结自然散开，可能走了很久的路，她把脚尖踩在拖鞋上左右转动放松。夏日的阳光从盛开着鲜花的飘窗照进来，素青色的水泥地面泛起青色的光。她整齐小巧的脚指甲偎在毛线织成拖鞋面上，像几双美丽的眼睛在盯着我。可能听到自己的太太在门外，祖波哥被她先生礼貌地请出了房间。

铁皮撮箕一个也没有卖出去。挑起这些咣咣响的东西，我的羞怯变得单一且明显，我甚至能感到体内有一股蒙昧的力量在奔涌。

我第二次见到这种花是在昆明，花店老板说这是天上开的花，是佛教的灵洁圣物，能给人带来无止息的幸福，只有天生的幸运儿才有机会见到。这花叫曼陀罗。

如20年前我们初次见面，曼陀罗白色的花冠比百合更饱满丰盛，转动的纸风车里藏着渐变的紫色花蕊，越过几株绿植，我还看到了金黄的向日葵。

姐姐的爱情

一

前年，我特别不喜欢和张庆丽说话，尽可能简短地和她做必要的交流，比如关于父母健康的问题，比如正怀着宝宝的老婆的身体状况。而且多数都是她拨电话过来，说完重点我就迫不及待地挂掉电话。

当时我际遇不是很好，偶尔寻求帮助时总能从她言语中捕捉到嘲讽和不信任。虽然我能消化各种人情冷暖，但亲人依然是能伤害自己的。对我来说，同样一句话，陌生人说出来是一片羽毛，但从亲人尤其是自己特别在意的人嘴里说出来，就是一把匕首。

如果母亲在电话里问到她，我也不咸不淡地搪塞几句，母亲沉默后低声地说："唉，二林，她是你的亲人，你们小时候多好啊。"我不耐烦地说："怕什么，不是还有海东哥哥吗？"

其实海东哥哥是我姐夫，张庆丽是我姐姐。

姐姐大我 4 岁，5 岁时开始带刚学会走路的我。

母亲孤苦无援地维持贫穷的家，脾气固执暴躁，喜欢打人，但主要是打姐姐。我只要一开腔她就过来打姐姐，慢慢地，我捕捉到了她这个习惯，于是我稍不满意就张着嘴巴号，母亲过来，顶着两个冲天小辫的姐姐免不了受一顿打。

经常挨打的姐姐倒不怎么哭，6 岁的她已经能跑过母亲，只是在跑的时候还是习惯性拖着我，每次我们母子三人依次奔逃的场面都会使我很快破涕为笑。母亲听不到哭声也不再追，只拎着树枝在远处恐吓，说再听到弟弟哭今天晚饭都没得吃。

即便我一天都不哭，依旧很晚很晚才能吃到饭。母亲性格极为好强，即便是种地，她也不希望落在邻居后面。黄昏过去了很久，我们家灶屋里依旧是冷火清灰，母亲正勤劳地收最后一垄高粱或是挖最后几窝土豆。

我和姐姐饥饿难耐，她拽着我倚在邻居的门框上，流着口水盯着邻居的饭菜，吸吮自己的大拇指。我趴在地上目光不及桌子高，寂寂无声地看着姐姐。

母亲收工时若刚巧见到这个窘迫的场面，会小跑过来粗暴地拎着姐姐的耳朵将她拖回家里，摁跪在稻场中间。母亲言语凌厉强蛮，把很多不曾有的缺点悉数扣在姐姐头上。

我端着碗立在姐姐身旁，希望她哭几声或是认个错，但姐姐好像不再饿了，她不但不哭，反而站起来几脚把我踹开，自己又跪回了原处。

直到上小学，姐姐才不再因为我哭而挨打。

她习惯把头发剪短，套着表哥穿旧的灰色夹克，比同龄男孩子胆子还大。她把一截钢锯条的前端磨出比家里镰刀还锋利的光泽,另一端缠碎布,用这把形似匕首的工具在放学后把要经过我家的男生抵在墙脚,随口说出莫须有的事将他们恐吓得哇哇大哭。我家自留田边有棵毛桃树,从我有印象起就不曾结成功过一颗果实,好几个比姐姐大的男孩子都被她摁在树下,问是不是他们偷了桃子。

五年级的姐姐去桥坪小学寄读,每周六才回家,从太阳刚升起我就盯着崖口子,等待姐姐的身影出现。崖口子是卧在村边的一座小山岗,距我家有好几公里,即使她们一行有好几位同学,我依然能准确快速地分辨出姐姐的身影,雀跃得一路小跑去接她。姐姐把她在学校没有吃完的咸菜瓶递给我,我用小木棍探进瓶底,咂着嘴满足地舔木棍头上黏附的油脂。

这时我们已经到了能帮母亲干活的年龄,尤其在寒暑假都要下地去干农活。姐姐不是一个好帮手,从未按母亲的指令去执行,她点的高粱出苗时像国画初学者的作品,地的这头几十株苗浓墨重彩地挤在一起,而另一边则是大量的留白,放的土豆种更是隔好几尺远才出一株苗。

母亲在地里补救时顺手削好了柳条,不过姐姐对挨打有了很强的预知,她已经非常会爬树,母亲离家还有几丈远,她就已经爬到门口水桶粗的木梓树的顶梢。月亮只能从她脚下升起,母亲围着树骂累了,回家拎来斧头,作势要把树放倒。母女斗争结束时圈里的猪都已经饿得没了声响。

这段在清泉村生活的光阴温情而具体,只是时间慢慢掌握了山里的气候变化,开始熟练快速地向前推进每个季节。母亲的柳条还未折断,13岁的姐姐就去了更远的傅家堰中学读初一。

二

傅家堰乡有 3 所小学，但只有一所初中，整片山区的小孩都要在这里念书，包括和姐姐不是一所小学的海东哥哥。

姐姐有山里小孩罕有的自信，若干年后成为我姐夫的海东哥哥描述，他俩初识时，哥哥在台下只感觉这个代表新生发言的男同学有点娘娘腔。

读初三时姐姐才留起长发，开始和其他女生一样在素色橡筋外缠上一圈红色或是蓝色的毛线。她把双手伸在脑后，不用镜子就能梳出整齐漂亮的辫子，带回家的课外读物除了《水云间》就是《庭院深深》，再也找不到《小李飞刀》。

这时我开始知道她同班同学中有一位叫杨海东的男生，成绩不好但会画画。这个名字经常让她和同学间平常的聊天瞬间产生涟漪，姐姐会马上站起来，踹这个名字的同学几脚。

初中毕业后姐姐成绩优秀，来宜昌读中专，同年我也在傅家堰中学读初一，开始接触英语。

这门恐怖的学科一直影响我到现在，我做的最大的噩梦就是自己在上英语课。看到我每况愈下的成绩，姐姐十分担心，在假期里强迫我背单词，但见效甚微，考试时如果不抄同学的答题卡，依然考不到 30 分。

初二时，因为英语成绩差，我终于见到了海东哥哥。在此之前，我只是在姐姐的毕业照上见过。

海东哥哥拿着一台单放机和几盒英语磁带，在远处询问路过的同学——他受姐姐托付给我送学习资料。

这位素未见面但后来在我人生中极为重要的人，在姐姐反复的提及中，我其实已经累积出了真实的印象。这种见面，合乎之前我对他的理解和若干假设，没有陌生感，像是重逢了分开不久的亲人。

海东哥哥将东西给我后，还反复叮嘱，英语很重要，要好好学，大家对我寄予了厚望。

这件事我写信告诉了姐姐。回信中她说这些东西使用时要小心，然后好好保存，将来还要还给她同学的。

她指的同学想必是海东哥哥了，但在拿到单放机的第三天，我就悉数将其卖给了隔壁班的英语课代表。

初三时姐姐参加了工作，在五峰城关一间打印社上班，父亲的规则是他培养姐姐读了书，姐姐就要负担我读书，好在我成绩实在糟糕，中考结束就辍了学，家里再无负担。

姐姐20岁，父母默许她开始谈恋爱。杨海东正式成为姐姐的男朋友，这个名字也开始频繁地出现在家人口中。

父母最初极为反感海东哥哥，每每提起，总在言语里夹杂着蔑视甚至厌恶的词汇。这个态度影响了周围的亲戚，他们都在姐姐耳边反复强调，这是个多么低级、多么错误的选择，最为直接的表现就是念叨哥哥名字时在后面加一个"不成器"的修饰后缀，可海东哥哥本人无任何恶习，所以这些反对的语句总是空泛不具象，也没有任何说服力。

三

1999年春节前几天，海东哥哥第一次来我家。因为快要过年，父亲刚好在，母亲正拎着半桶猪食准备去喂猪。

海东哥哥全身盛满了笑容，泰然自若地从稻场边径直走来，他甚至直接用"爸妈"来称呼父母。

父亲起身拎起了椅子。他是一位木讷但不讲理的人，很多次我挨完打都不知道缘由。我从堂屋冲出去挡在他们中间，生怕会打起来。母亲忽然被第三个人叫了妈，有点儿不知所措，脚步乱了节奏，半桶猪食直接撞在了门框上，洒了一大半。

我最先听到是父亲对哥哥称呼的变化，他使用了一个全新到让我瞠目结舌的昵称：海东。这是一个元音清脆、辅音柔和的短句，我首次从严厉到不近人情的父亲口中听到如此灿烂的话语。

而且父亲古板的脸上绽出罕有的笑容，他把椅子挪到稻场中间十分周正的位置上，热情地示意海东哥哥坐，母亲则用围裙擦净双手，在椅后探身前去用重逢久别亲人的目光打量着海东哥哥，亲热地询问他吃了饭没有。

没等哥哥回复，她随即回到火塘屋，垫着板凳反复翻转挂在炕架上的肉，口中喃喃细语："你海东哥哥这是第一次来我们吃饭。"又吩咐我务必捉到一只鸡。这地里都已经收割干净的冬月，鸡群随意地在田地里踱步，捉只鸡比砍天柴付出的劳力还多。

我们在过年前吃了一顿比过年时更好的饭。席间哥哥想询问父母对这桩大事的立场，均被岔开话题。母亲不停地给他夹菜，我感觉海东哥哥不是因为和姐姐的爱情才成为我家的新成员，而是和我们在一起生活了很久很久的家人。

转年后姐姐辞去在县城的工作，回到哥哥所在的镇上，在村小学当代课老师，每月 190 元。

这年他们在海东哥哥老家举行了婚礼。我们举全家之力培养的姐姐，因为爱情，依然嫁回到了农村，一个离清泉村15公里的地方。

母亲时常落寞自语，她在黄昏看着门口的木梓树，低声埋怨是自己太凶了，不然姐姐不会这么着急地嫁出门去。末了又宽慰自己说海东人品端正，对姐姐很好，一个女人找到对自己好的丈夫就是一辈子的福气。

其实姐姐也不完全是生活在农村，她上班的学校紧挨着集镇。他俩租了一间房，也是最初的家，白石灰墙素水泥地，从门口依序向里摆放几组贴满榉木纹的矮几。这是哥哥为新婚购置的家具，上面放着姐姐的教案和一只单眼灶具。

从他们租的房子出来有个路口，往上是傅家堰中学，这是他俩最初认识的地方，往下几公里就是哥哥上班的小水电站，他负责看守整天发出巨大轰隆声响的水轮机。如果下课很早，姐姐会骑着摩托车穿过集镇去接哥哥，镇上多数人都知道，这是一对在初中就谈恋爱的小夫妻，还会有同龄人俏皮地开着友好的玩笑。

听到姐姐怀孕的消息后，我回去看望，妊娠反应让她的身形极为单薄，面色比之前黑了几个度。下课后，姐姐骑车载着我去哥哥上班的水电站，不习水的海东哥哥正在河里捕鱼，他老练地把网布在巨大礁石下的回水处，次日凌晨照着手电来收这些网。

海东哥哥把拇指长的小鱼剖去内脏后用油煎除水分，姐姐带着这些干鱼片回到学校附近的小屋。这个不富裕的小家宁静而从容，日子如河水一般平和地流过。

四

他俩的第二次租房是在外甥出生的 2002 年。即使十分敬业的姐姐，依然被学校辞退。暑期时已有消息说这个名额会被其他人取代，姐姐有些沮丧，但她还是宽慰地对哥哥说自己给学校的电脑设置了 CMOS 密码，期待接任者能力有限，学校就会找她回去。

若干年后我十分庆幸地了解到，破解 CMOS 密码其实只需要两分钟，不然他俩也许会有不一样的未来。

这年秋天，开学后的几星期，姐姐来电跟我说工作已无望，希望我在城关帮她找一个门面，她想开间打字复印店。

几周后，我和几个朋友连夜帮姐姐做了一个灯箱，这家叫"宇恒文印社"的店面开在五峰城关，除每月房租便宜外，一无是处。

姐姐失去了工作，母亲很难过，但见她和不到一岁的外甥安顿在五峰城关后，又很开心，反复叮嘱我有空一定要去多帮忙，我和外甥这么大时都是姐姐带的。

我索性辞去了十分厌恶的厨师工作，来到姐姐店面学习电脑，如 18 年前在清泉村时朝夕相伴，相同以往的是我们依然一贫如洗，不同之前的是生活中多了还不会说话的外甥和永远保持笑容的海东哥哥。

海东哥哥依然在水电站上班，并且调到了另一个更为偏远的小水电站。

他骑摩托车每周往返一次傅家堰乡和城关镇，如果是冬天，出发前需要在厚棉衣外套上棉背心，再裹紧雨衣，把帽子压至眉弓处，才能穿越盖满积雪的砂子垭。哥哥一般在周六上午赶到，那时也许还没有生意开张，但姐姐都会在对面小餐馆买一份鸡蛋皮炒肉丝，无论作为早点还是中餐，在当时的境遇里，都算是极为大方的一次开支。哥哥吃到最后，都要把盘子立起来，用菜叶把盘子上的油抹进嘴里。

　　大约在 3 年后，我路过海东哥哥上班的小水电站，这儿是典型的喀斯特地貌，小溪在看似平整的地表犁出很深但开口很窄的峡谷，从一段陡峭的布满青苔的台阶下到谷底，才能看到一个孤独的房间。它小心翼翼地攀附在一块石头上，湍急的水流片刻都不敢停，奔涌着穿过房子下的缝隙，发出巨大的声响。

　　时令虽然是初夏的上午，但在门口我却感受到一股凛冽的夜气。推开门，我看到一堆长满芽蘖的土豆，边上没有盖子的锅像和我对话的人，他目光都未聚焦，空洞地仰望楼板。对方告诉我，杨海东今天休息，并示意我出去时把门带上。

　　从台阶向上行走时，我想象着海东哥哥在城关做完家务收拾行李离开妻儿，独自在晨光和夜色里行至此处，向下步入这间屋子时，是如何排遣追随而来的孤独和寂寞的。

　　海东哥哥在这儿工作近 5 年，从没有向姐姐抱怨过或向任何旁人讲述自己的不易。海东哥哥内心笃定且平静，性格又很爽朗，他经常向我们讲出十分好笑的笑话但自己保持一脸的正经，他习惯用笑容面对所有的事情。从我 20 年前见他的第一面到昨晚的相聚，海东哥哥脸上一直溢满不曾改变的笑容，他用这种笑容感染和包容偶尔不讲理的姐姐，让他俩的爱情和家庭在贫穷时及后来富足时都丰盈且具有光彩。

2011年，我开始经营自己的婚姻，随即发现海东哥哥和姐姐的生活就是一面镜子，我所有的思考和行为，都在这面镜子的映照之下。其实我在2003年就离开了五峰去北方谋生，同时离开了姐姐和海东哥哥，只是在每年春节短暂相处。现在回望，我们仨在一起相处仅仅10个月时间，在这10个月里，我看到海东哥哥和姐姐在贫穷中相濡以沫，为振兴家庭共同努力，这些能与时间抗衡的记忆深植内心，奠定了我后来的婚姻观和人生观。

五

这篇文章我写了很久很久，我希望时光能压实或是厘清回忆中曾经艰难但充满温度的过往。我用心捕捉回忆时涌动出的各种情愫，然后记录下来，其实这不算是一篇文章，而是一段真实的人生经历。

行进在人生亘古的旅途，会遇到诸多沉落和昏暗，体验若干光华和辉煌，我们都会期待有一位爱着自己的伴侣，相互陪伴，才敢慢慢老去。

我的姨我的娘

2004年底五峰下了大雪，过年后母亲带我去幺姨家拜年。我们没有走炉子坡村到大龙坪村。

在古坟岭岔路口，母亲说："我们从焦庄村走，刚嫁到清泉村时，大姐就是走这条路来看我的，每回都给我们带一块肉来。"

我花了很久才理解这句话：母亲的大姐是我姨妈，长母亲17岁，她们的母亲在我母亲4岁时去世，母亲口中的"来看我"，其实是讲述姨妈在凌晨出发，穿过我们现在行走的这条路去看望自己的二妹。

往返近35公里的山路，姨妈要赶回去做一大家人的晚饭，凌晨之前或是黄昏之后，她应该用很快的速度在行走，不知道姨妈心中有没有害怕过，毕竟这些树林在很久前就已经茂密了。

到达这片山区顶峰后有一块长条形平地，母亲叫它"冲"。大龙坪其实就是由很多"冲"组成。

这是高处，信号很好，我用手机和远方的朋友聊天，母亲坐在路边一个凹进去的石凳上自言自语："大姐来回都要在这里歇一歇，出这个冲往下就到我们家，往上就到幺姨家。"

幺姨小母亲两岁，她们母亲去世时，幺姨2岁。

我读书时家里很穷，如果有亲人过生日，母亲都十分内疚地说其实我们应该去，只是现在太穷了，没有能拿出手的礼物。

可怜的母亲又记得所有亲人的生日，她在很久前就说出姨父和姨妈的生日，还会猜想有哪些亲戚会去，然后他们会在火塘旁边聊天。她还说姨父喜欢喝很酽的茶，喜欢把茶叶丢进一个陶土小罐子中放在小火上炕，茶香溢出来后再冲开水。

说到茶，母亲忽然折身进屋，提出半袋黄豆，倒出一部分在簸箕中，细致地挑出中间的小土粒，说："大姐家不产黄豆，我可以拿点黄豆去，不行拿黄豆在三队里去换茶叶也行，我们去看看她。"

我兴奋地以为要出门，但结果往往都是挑好的黄豆又倒回了口袋——姐姐已经开始寄读，这些黄豆的大部分会送去学校食堂，最后的一点儿要留到过年时做豆腐。

所以小时候我其实并没有去过姨妈家多少次。

我去得多的是幺姨家，一是因为有几位年龄接近的表哥，二是我们不去，幺姨就会托熟人带信来让我和姐姐去玩。

姐姐12岁前母亲会送我们，母子仨越过海拔近1200米的炉子坡。这些路大多是由不规则的石条台阶组成的，我晃着小手走在最前面，母亲背篓里面放着已经过期很久的麦乳精或是饼干，最下面是小半袋黄豆，中间偶尔会放一包面条。大龙坪海拔高，不产黄豆和麦子。

我家往上一点儿有一个加工厂，早上送去麦子，下午便能取回面条。面条用一块裁得很规整的报纸包着，外面系着棕叶，做面的师傅在包面时会大声问:"有没有要出门送情的?"

湿面条在晒干时晾挂在细竹竿上,中间会有一个竹竿般粗细的半圆环,我们叫它面壳壳。这种仅是形状上的变化好像赋予了普通食物莫名的高级感。

母亲站起来走近师傅切面条的案板,讪讪地说我们准备回大龙坪,有包面条要带给幺姨。

做面的师傅把面壳壳均匀地摊在贴近报纸的位置,呈圆柱形的面条最外沿就会有一圈面壳壳,他用两圈粽叶系住这包口味并无特殊的面条,又在案板上把这把面杵得整整齐齐。母亲接过来还会用剪刀把系粽叶的扣结铰去一点点,如果没有猪油,这些面条无论怎么煮,都不太好吃,我不太明白为什么母亲会在一包普通的面条上花这么多的功夫。

我们早上出发,下午才能到幺姨家。

幺姨说话声音很大,隔着很远就听到她叫我"二林,二林",她没有母亲严肃,是我最喜欢的一位亲人。

晚饭时会有我喜欢吃的炒土豆片,幺姨先盛出一小碗来给我,我跪在椅子上,把灶台当桌子,拿着筷子飞快往嘴里扒,我想在调皮的表哥进来之前吃完。幺姨看着心疼,一边让我慢点吃一边批评往灶里添柴的母亲,责怪她没让我和姐姐吃饱饭。

在每句话的开头幺姨都称呼,二姐二姐,你应该如何如何——

母亲撑着下巴,开始讲述自己的难处。

其实幺姨家也很艰苦,她面对更多诸如母亲描述的困难,但幺姨乐观开朗,在所有人面前都表现出家里很宽裕的样子。吃完晚饭,幺姨会带着我们打花牌或是扑克,母亲则低着头靠着椅子上打盹。

第二天清晨母亲就要独自提前回家，幺姨把家里装衣服的箱子都打开，迎着从窗户照进来的晨光，双手撑开这些衣服，不停地说："这件二林可以穿，这件蛮新，丽丽可以穿几年……"

我没注意两姐妹的聊天，但幺姨给的衣服让我雀跃，即便都是表哥已经穿过许多回的。我都不想在这儿玩了，想即刻随母亲回去试这些衣服。

幺姨看着扶着背篓沿的我和姐姐，经常把表哥表姐才穿过一两次的衣服丢进来。这些略为宽大的衣服装着瘦弱的我穿行在家和幺姨家之间，直到我自己能买得起新衣服。

姨妈一生安然，从容面对所有好的和坏的事情，像一尊菩萨。

她儿孙众多，在姨妈家玩都在过年或是过节的时候。印象中这位慈祥的老人一直在做饭，不停地忙碌。妈和幺姨在一旁帮忙，幺姨的大嗓门儿变得低顺，像和我们玩牌时没有摸到一张大点儿的牌一样谦逊。

2012年秋天，我和一位朋友办事途经姨妈家，因不是吃饭时间而且时间仓促，姨妈便为我们准备了简单的饭菜，她给我们每人煮了4个荷包蛋，切了一斤多五花肉，鸡蛋和面几乎泡在油里面。

她站在门口看我们吃面，询问我母亲身体怎么样，说话时声音轻柔，节奏很慢，没有大的起伏和转折。她说谁和谁很熟，可以托话让我去学个手艺，以后好养家。我感觉打断她的话是莫大的罪过，顺从地吃了生平最扎实的一碗面。

临别时姨妈出门送我，她站在屋旁，这里能看到清泉对面的横冲荒。年月在她脸上留下了很重的印迹。我给了她两百块钱，姨妈像捏着两片树叶一样拿着，这位老者不停挪动位置，绕过树影的遮拦，看着我们沿着田埂向下，离开。

听到姨妈去世的消息，我很担心母亲。那天傍晚，母亲给我打来电话，平静地说姨妈去世了，要我和姐姐一定回去。

姨妈葬礼，我们这些表亲都到齐了，只母亲和幺姨约好没有来。

若干天后我问母亲为什么不去送送姨妈，70岁的母亲托着下巴说："大姐在时我们在渔关医院说了一天的话，看到大姐埋在曾家包，我和你幺姨怕是走不回来。"

去年和母亲计划回大龙坪村看看，她上车没多久就开始晕车，一路吐得呼吸都很困难。我劝母亲不行别去了，她艰难地抬起头，更像是在自语："我不去大龙坪了，我想走到能看到曾家包的地方就回来。"

母亲在火山村下车开始步行，我慢慢地跟在她身后。公路转弯后就能看到几公里外高处的曾家包，母亲把双手揣进兜里，像是一个小孩子，她仰起头，没有再看脚下的路，一直望着远处的曾家包。

曾家包，是姨妈生活了半生和安葬的地方。

父亲七十

2006年到2016年，10年的时间裹挟着酸甜苦辣快速碾过了我的青春，仅知道我已然33岁。

我忽略了父亲已到古稀之年。

几个月前工厂有位师傅请假，他在电话中平静地告诉我自己长辈去世了，需要回家耽误几天。说平静是我给了他足够的尊重，因为他的话语暗暗透着些许无奈和厌烦，一星期后他敞着膀子，红着脸，举着杯子，十分爽快地和我们闹酒，笑声能把隔壁桌上的杯子震碎。其实这位师傅是个善良的人，和我们大多数人一样，敬业、对家庭负责任、对朋友忠诚，席毕时我问他："您父亲过世了，您是否有过悲伤？"

他的回答像一把匕首简短而有力："我又不能陪葬，孙子还要我带，我有3个孙儿。"

质朴无华，但道理厚重。

也许，我们的感情总量是有限的。小时候我们把所有情感用在父母兄妹上，现在长大了，有更多的对象需要使用爱这种情感，其中有妻子、儿女等同父母亲一样重要的角色。刚好父母老去，是他们渐老的身躯承载不了太多？还是大家摊薄了这份爱？

我见过太多名望在外的贤者在席间呵斥自己的父母亲，呵斥他们因年迈而不能灵活地使用筷子，但没有父母会责骂儿女幼婴时期弄脏了衣服床单。

父亲以严苛出名，和我交流甚少。

但在这个离我们生活的城市千余公里外的地方，距离斩断了他之前熟悉的各种信息，满眼的陌生促使父亲很依赖我，他像个小孩子一样保持两三步的距离跟在我身后。过马路时扶着他的背，我不需要用多大力气就能掌控他。

父亲真的老了，我用简短的语句就能让他皱着眉头吃从未见过的食物，买一件他认为很贵的衣服。一路过来，父亲很顺从地走完我们安排的路线，没有反对，也没有要求。

也许，这就是老了，老了就是失去，变得没有选择。

很庆幸，家中老人依旧健康！

母亲证明自己健康的方式就是固执地不放弃一生所照料的几亩薄田，她有很多理由来说服我们。父亲的方式就是继续料理他花一辈子建造的房子，现在我们家就连鸡都有固定的活动场所。

父亲也许自己也未想到，我能透过他的行为理解到一个男人对家庭的责任和隐忍坚强的付出。他的优点得益于一位有智慧的表姐夫，他反复强调父亲身上的长处，告诫我与其的差距。

有幸我在 30 岁时理解了这些话。

父亲性格孤傲，爱好非常少，朋友亦不多。真诚地讲，这对因时代原因结成的夫妻没有所谓的爱情，他们在一种极其单纯但伟大的责任感中一同过到暮年，这中间的核心就是姐姐和我，他们了解自己在儿女成长中存在的意义和扮演的重要角色。

回望自己30余载的岁月,父亲在我的记忆里似乎了无痕迹,他木讷严肃的面孔粗暴地挡住了我所有想看向他的目光。在我看来,他注定是一位孤独的老人。

2002年,外甥出生,他毫无顾忌,打破了父亲在我们心中的形象,父亲手足无措地指责他的顽皮,然后又毫无底线地原谅他!外甥带给他莫大的快乐,但外甥又很快就长大,然后读书离开。我想,这是家中目前唯一和父亲情感互通了的人,因为一路来能看到他神色中对我们的尊重和歉意,哪怕我是他儿子。

母亲固执但能表达自己的情感,她经常向我们倾诉自己以前面临的苦难及不幸,能把自己轻易说到流泪,也能很快让我感同身受。

父亲不一样,他孤独地、竭尽所能地保证这个家正常运转并走出困境,从未描述自己过载的负荷和解决问题的过程。他站在我们的视线外,默默地帮我们披荆斩棘,以至于我们在成长过程中仰望和回望,都难见其身影!

所以,我的父亲在父亲这个角色中,注定了伟大!

(陪父亲过70岁生日,于厦门高崎机场候机时用手机拙书此文,谨祝福天下所有的父母安康!)

雨

5月6日，立夏。

天气：雨。

母亲说，立夏不下，犁耙高挂，这是好雨，应了节气。

我送在宜昌看望孙女儿的母亲回来，但有事需即刻返回。我们母子走在一条能看到老家的水泥路上，她把脚伸向路边的田里踩了下，试探墒情。看到陷下去的脚印，她欣喜地重复道："真是好雨，真是好雨。"

在这之前，我很少在下雨天回来，那时坐车的地方在鸭儿坪村或者是梯儿岩，而且都在凌晨开车，我们要在黎明前步行很远的山路。但无论我带多少行李，母亲都要抢着背背篓，也必定走在前头。那时没有这么宽的水泥马路，小路都顺着田埂，要是雨天，伸出来的庄稼都会挂满露水，母亲走过便会故意蹭掉这些露水，好让我的裤管能保持干燥。到了班车周围，她先上车去擦掉车玻璃上的雾，告诉我到时候就坐这个位置上。车开动时，我总能看见因年轻时负重过量而佝偻腰的母亲，扔掉雨伞向我挥手。

车开走后母亲依然要在雨中艰难地从来时走过的那段路返回。天也许没有亮,她也没有撑伞,脸上混合着雨水和泪水。彼时的分开都会很久,有时候一年,有时候两年,而且我还很小,16岁,或者17岁。

所以我尽量选择在晴天回家,晴天离开。

但在更小的时候我却很期待下雨天。

1989年我们家第一次起房子,老房子拆后父亲在稻场搭了个大的塑料棚,塑料布从几根高高撑着的檩条上面斜拉下来,后面用几块大角石压住,和稻场地面呈一个三角形立着,边上仅有一间没有拆的灶屋。

家里唯一的床在灶屋楼上,母亲和姐姐住。师傅和父亲的床搭在塑料棚的最里面,斜下来的塑料布刚掠过床沿,躺在床上伸手就能触摸到塑料布。

午夜时分开始下雨,雨水击在塑料布上发出密密的啪嗒声。气温比平常更低,我把小脑袋转向塑料布的一面,雨水积在一起从高处流下来,拉力绷紧了塑料布,我把手贴在上面,感受雨水从另一面淌过。这股凉意让我更深切地感受到被子中的温暖,我把小脑袋埋向被子深处,祈祷雨能下到第二天下午。

父亲很早就起床点燃在塑料棚门口的火堆,我能看到雨从火光照亮的空间清晰地落下。父亲偶尔拨弄一下柴火,升腾起来的火光映照到更多的雨滴,它们带着亮亮的尾巴,像一根根银针般斜着滑过。

天亮后我赤着脚,帮母亲用粽叶把靠近路边的油菜束缚在一起,以免它们倒伏在路上妨碍乡邻通行。时令是在春末,母亲告诉我,这是好雨,立夏不下,犁耙高挂咧!

时光总用阴晴圆缺来描述它的变迁，但唯有雨天能连接现在与曾经。雨水冲走了岁月匆匆掠过时落下的浮尘，露出曾经最纤弱但真实的心思。它们是种子，有些已经长大，有些也才刚刚发芽。

　　泗洋河翻卷起来的薄雾正穿过涂满新绿的树林，懂事的庄稼依然在雨天开着花，长长的玉米叶挂着新鲜的露水，家乡的雾很快包围了我，顺着呼吸沁入心脾。

　　母亲没有在意我即将离开，略微富足的生活和便捷的通信让在雨声中的分别没有一丝伤感，她甚至催我快走，自己好准备去找谁玩。下雨天，反正大家都没有事情做。

　　转身时我看到母亲匆忙向她伙伴家里赶，她握着手机，上面有这次与孙女见面拍的很多视频，她会一段一段地放给人家看。

　　除了新修的水泥马路，家乡的变化很有限。浓雾淹没了屋后面的木梓树，这棵树从我有记忆起就一直存在，其实我对小时候的事情，有种莫名其妙的印象，我时常看见一个好像是自己的小孩，在模糊的场景中奔跑。我看到他憨态可掬，很生动地回头向我笑或是说话，我看到用泥土夯的墙，看到飞在他头上的麻雀，看到每双抚摸他头顶的手，看到他光着脚丫走在正下着雨的田间小路上。

　　车停在离家不远的邻居家的稻场上，取车时邻居出门安慰我，说下雨天开车不方便，应该让母亲自己坐车回去，现在班车方便得很，可直接到屋后的木梓树下。

　　我欣慰地说："没事，这是好雨，立夏不下，犁耙高挂咧。"

表哥陈刚

陈刚是我大表哥,他有个亲弟弟,叫邹伟,是我的小表哥。

小表哥帅气而且性格温和,见到气宇轩昂这个成语时,我想小表哥简直就是为这个词而生的。我时刻跟在小表哥周围,一来是因为他对我们倍加和蔼,二来大表哥陈刚太强蛮,以把我及比他小的小孩弄哭为乐趣。

陈刚头发短而疏,两眼毫不掩饰地盛满痞气,但他又有着山里小孩罕见的整齐的牙,就像墙脚石。这种质地很硬的石头被石匠削平五面,最后不规整的一面很像牙根伸进牙床,没进泥土夯进的墙里,做房子的主要承重。

其实陈刚在笑的时候也会露出整齐的牙齿,但我实在不想描述这位表哥笑的样子,尤其是小时候,他干所有的坏事前都会邪气地笑。他经常从背后像老鹰捕食一样抢走我手里的零食,迅速咬几口后再把所剩无几的残骸放在我手上,还捂住我马上要号啕出声的嘴,说他其实在帮我给零食咬月牙儿。

如果没有吃的,他就把我逼在屋角,露出像墙脚石一样的牙齿，问我班上哪个女生最好看。

我一旦说出一个名字，陈刚就会每天挺着肚子跟在我后头，说他就是这个女生，一定要我娶他，不然就告诉我母亲或是老师。这时我对男女关系还处在羞怯的阶段，涨红脸要哭出来。我越难过，他越开心，看到幺姨走过来，陈刚张开巴掌扣住我脑袋，把我的脸转到墙的一面，跟幺姨解释说我长大想当兵，他在提前指导我站军姿。幺姨当然明白他这些把戏，拉着我的手说："莫跟他玩，快去找小表哥。"

放暑假时他们家的洋芋刚好成熟，这个套种在高粱地中的庄稼收割极为复杂，需要猫着腰在一人多深的两排高粱中间，一挖锄一挖锄地把它翻出来。阳光越不过长长的高粱叶，埋着洋芋的土壤由于长期阴湿所以黏性很高，顽强地攀附在洋芋周身。

幺姨是位强势但管理水平优秀的家庭主妇。她每天早上在堂屋的石磨上放一斗高粱，吩咐两位表哥，要么推磨，要么下地挖两垄洋芋。这是个艰难的选择，放石磨的堂屋是老式年迈的板壁房，时间的沉郁和昏黑的色泽混合出无处不在的压迫感，放大了一个人在家的孤独。两兄弟常通过一盘象棋的输赢来决定工作内容，陈刚连痞带赖依然不是小表哥的对手，可每天还是寄希望于这盘棋，企图能有所改变，这种顽强一直坚持到幺姨某天说："今天都下地挖洋芋。"

小表哥在前头用锄头翻开土壤，我在后面把洋芋身上的土掰掉，不大一会儿就能装满竹花篮。我和小表哥将两垄洋芋背回家，洗完澡换好衣服，大龙坪的阳坡都变成阴坡，这时，陈刚才背着竹花篮往回走。看到他佝偻的腰，我有些后悔没有帮他，但其一见我立即咧开嘴，说自己是谁谁谁，要跟我结婚生小孩，还有意挺一下肚子，巨大的羞愤即刻深埋了我的悔意，愤愤地觉得他活该。

第二天陈刚在我不注意时用背篓堵住我的退路，恐吓我不帮他捡洋芋就把我关进牢里。他指着两边高粱笔直的茎秆，描述牢房周围都是这么密的铁栅栏，每根栅栏比他手里的锄头把还要粗。我被他拧成铁的目光吓坏了，一面抽泣一面低眉顺眼地帮他捡洋芋，好在小表哥不久就发现我不在身后，从两垄高粱间冲过来拯救我。

当表哥陈刚轻易吓不哭我时，他已经在外面读书，过年时大家才能见面。他不再把目光拧在一起和我说话，笑的时候下巴还有个微微内收的动作，灿烂的笑容结束后，从还未完全合拢的嘴巴间能看到比之前更白净的两排"墙脚石"。

这期间他有一件翻领大衣、一条质地很好的新裤子，邻居拍着他的大腿说："衣服就不用说，这裤子应该也不便宜咧。"

陈刚顺势拿着他的手又重重拍了下腿，说："不贵，300多！"

当时老家喂头猪都未必能卖到300，舅舅气得从火塘抽出烧红的火钳砸向他骂："你一个月生活费才120，你有300块买裤子？"

第二天晚上，陈刚抓起邻居的手重新拍了拍腿，说这条裤子其实才5块钱——舅舅拿着火钳又撵了他几里地。

我对这条裤子究竟值多少钱完全不在意，但他带回了一堆生日贺卡。这种两折页的贺卡中有个小喇叭和发光二极管，打开后随着灯光闪烁，能奏出《祝你生日快乐》的曲子。陈刚大方无比，扔给我一叠，用巴掌扣住我的脑袋和他同走几步，离开时说："你觉得稀奇的东西还多的是呢！"

陈刚结婚时，我家正处在一段艰难的时光里，但母亲依然罕有地高兴，眉头舒展，不停地说刚儿了不起，找了个城里的媳妇。傍晚才开始发愁拿什么去随礼,我跟在她后身去了几趟猪圈,看着出生不久的小猪崽,很遗憾从听到消息到陈刚的喜宴开始,村里都没有来过收小猪崽的贩子。上大龙坪那天,母亲抹着眼泪说二林一个人去吧,反正小孩子没有脸。

我兴高采烈地代表家里参加了陈刚的婚礼,他戴了眼镜,小时候的痞气在一身帅气西服的掩盖下不着痕迹。长久未见面,自然显露的陌生消化了我曾经对他的恐惧,刚好嫂子文静不喜言语,我才开始觉得陈刚其实很儒雅。

我和这个新家庭的缘分一直延续并交集颇深。2006年我开始创业,一年365天有360天差钱,无助时拿出手机翻通讯录,找能借钱的对象,以及如何开口的理由,陈刚始终是最为可靠的一位,他除了说一句你要搞稳当点,随后会照着我的说的数字给转过钱来。

这些钱帮助我度过了极为窘迫的很多年,直到2016年才陆续还清。

写这篇文章时,表哥陈刚在河南温县履职,是一家上市公司委派的区域老总,另一个身份是作家。我俩经常视频聊天,画面中看到他疏朗的短头发,深夜一个人隐在宾馆写文章。从香烟的烟雾中露着洁白牙齿的表哥,在有意隔绝的孤单中享受常人难以理解的现实生活。他将生活精心铺排在自己的文章中,这些文章也许就是他情感的容器,我看到了隐在其间的孤独和坦荡,就像埋在两垄高粱中间的洋芋。

我想起小时候,小表哥和我下田挖洋芋后,他一个人在堂屋里推磨,秒针嘀嗒10下,石磨转不了一圈,但他依然坚强地推完了那一斗高粱。

恢福大叔

太阳刚照到屋旁顶着几片孤零零叶子的香椿树，灰喜鹊像一块石头落在田埂上，啄食摊在路边的青豌豆角。恢福大叔佝偻着的身子在背篓和码得高高的豌豆下面忙活着。我叫了他一声，然后和小时候一样径直走进弥漫着酒糟香味的房子。大婶在100多公里外的渔洋关镇带孙子，这位有着慢性胃病的长辈独居，一口深煮锅倾斜在火塘边的桌上，里面还有一些鸡蛋汤，放着两支筷子的碗孤独地卧在旁边，张大着嘴惊奇地望着我，应该很久都没有访客了。

时光回溯到30年前，我天天在他们家，趴在码成垛的高粱上面听一台半导体收音机。恢福大叔从一口大缸中用竹撮箕把煮熟的高粱捞出来，水很烫，他不停地吹着气，雾气呈一只喇叭形从他努起的嘴向前扩散。

这些高粱粒盛在撮箕里，撮箕口搭在前一只的箕帮上，一只一只向后排列，待高粱凉了再转到另一个容器中发酵。恢福大叔在干这些时偶尔会扭过头来和我说话，我不是一个好听众，注意力都在听叽叽呜呜的收音机身上。

发酵后的高粱在用杉木箍成的大木桶中蒸煮，这个器皿的中间有段伸出来的竹节，前端削尖，落日从关刀崖坠落，快落到水田坪时竹尖处才淌出一炷香粗细的清冽白酒。它们冲击在黑色瓦坛粗糙的坛壁上，发出簌簌的声响。酒香比声音传开得更快，大叔用一块湿布盖在坛口，笑容像煮裂开的高粱一样灿烂。

换酒的人中午就会来，在一个磅秤上称高粱，用粉笔在墙上记下名字和数量。恢福大叔有时候会忘记某个字的写法，他会扭头问我，我还没有上学，肯定不知道，他露出非常白的牙齿说："读书就知道了，要读书，不读书就和我一样煮酒，苦死人，十桶水换一杯酒。"

不久后他的收音机和一条的确良裤子被盗，我没有机会再去拧收音机侧面带着许多齿轮的旋钮，可情节依然，我开始听恢福大叔干活时的喃喃自语。

清泉村之前叫眸珠，因为这里水好，所以后来改叫了清泉村。

顺着关刀崖渗出的山泉流不出一里地就消失在细密的砂土里，再从深处的岩壁渗流。偶尔推开薄薄的土壤后又聚在一起，这些涌出的泉水周围都砌上石头，成了水井。

离我家最近的是桐树井，四周厚厚的石壁顶着一个弧形的石块，里面盛着甘甜的山泉。恢福大叔酿酒的水取自这里，他用很多种不同粗细的塑料水管接在一起把水引进自己家的大木桶中，中间的接头是用细竹子削制的，容易脱落，所以他每天晚上要拎着疏通水管的气枪去查看竹子做的接头，而我则跟在他后面。

去水井的小路被高粱长而窄的叶子遮挡，我个子小，从叶子下面穿过，头顶上的月亮时明时暗。正值高粱抽穗，空气中弥漫着胚芽的香甜。恢福大叔在前面拨开高粱叶，叶片发出哗哗的声响。它们用吃苦来表扬高粱地的主人，这家人能吃苦，收成会很好。

我上学后每天早上经过他家，看见已经起床很久的恢福大叔坐在酿酒的灶前打盹，明亮的晨光让他睁不开眼。我走过去扶着门框往里望，他眯着眼看见是我，就会继续打盹。我拿起长长的火钳帮他通松灶膛里燃得通红的煤块，腾起的火光映着我们的脸，比朝霞还明耀。

下午放学我很少直接回家，而是在恢福大叔家玩到母亲叫我吃饭才回去。虽然我不算调皮，但母亲更乐意我不打扰她干活。

在20世纪90年代的农村，恢福大叔是少有订杂志的人，所以这位邻居家有很多书，每个月邮递员都会来喝一杯温热的头道酒。这酒度数高，味道刚烈，难以下喉，邮递员咂着嘴从绿色帆布包里掏出《家庭》《故事会》和《小朋友》，书封面左上侧用蓝色圆珠笔写着很小的"吴恢福"3个字。我初识字，囫囵吞枣地读这些杂志。

有一段时间我并没有看这些杂志，而是跟在恢福大叔后面，看他指挥一群人架电线。离我家不远有个小电站，每晚上7至9点工作。他们把一些高大笔直的香椿树砍来栽进一个很深的坑里当电线杆。这是一项体力活，抬着树的恢福大叔跟跟跄跄，每次都踩在刚发绿的油菜苗上，这时旁边便会有人粗鲁地叫骂讥笑着他，我拿着半截萝卜噙着眼泪看着这群人，生怕他们会动手打他。不过我的担心很多余，总会有一个体格强壮的邻居去换恢福大叔。他们发出很整齐的号子，把顶着两个瓷瓶的电线杆很快立好。这群人马上会围在恢福大叔身旁，听他安排下一件事情。

参与劳作的几户人家很快通了电。在黑寂寂的乡村，电灯发出的光芒尤为璀璨，而我则在他家玩得更晚。

恢福大叔依然很忙，有很多人开始晚上来换酒。电灯照着黑幽幽的土瓦坛，上面盖着装有细沙子的布，大叔拍着坛壁，听里头酒的容量，满足地向我炫耀，有了电，他一个月可以多酿一坛酒。

我读四年级时，村里开始从镇子上架高压线，从7公里外的鸭儿坪越过两道山岗——这是成熟的武陵山脉，高耸的石灰岩覆盖着茂密的灌木，许多陡峭的悬崖埋伏在其间。把近150千克重的水泥电线杆抬上山顶，我有幸见到这个偏远落后的小山村最伟大的一次集体协作劳动。在以农耕文明为主导的社会中，能完成这样的事情都会有一个灵魂人物，比如德高望重的长者或是富有体力的年轻人。

恢福大叔除外。

那时候他比今天的我更年轻，身体更瘦弱。

每天上学时我都能看到他拿着几个烧得黑乎乎的土豆边吃边走，这位既不是村主任也不是组长的年轻长辈，笑容中露出的担当，能让说话粗糙动作野蛮的乡邻认同。

若干年后我开始自己做生意，有朋友推荐我看看有关管理学的书，但翻几页后我都嗤之以鼻，因为这些描述和刻意的技巧都不如恢福大叔一个笑容有力量和智慧。

通电以后不久，恢福大叔家买了电视机，我和姐姐还有母亲每天晚上都在他家看电视剧。除了不能自己动手调频道，这家人的宽容和礼貌让我没有不适感，就像在自己家里一样，而且调频道也没有用，这里只能收到中央一台。

比较恼火的是恢福大叔从桐树井引水的水管依然经常脱落，除了我，没人愿意在电视剧开始时帮他去打理这件事。

这时我已长得很高，高粱长长的叶子会打在脸上，我跟在他后面向他表态，其实他可以在家看电视的，我一个人去就行了。我们一家人每天都在恢福大叔家看电视，包括春节晚会，已有自尊心的我希望能通过帮他干活找回一点儿尊严。

恢福大叔摸着地里的高粱穗说："你一个人不能来，这条路上有鬼，平时藏在桂竹园里，我晚上都不敢来，要你一起才行。"

我吓得不轻，紧紧跟着他从桐树井走回来。恢福大叔去打水时我帮他熄灶里的火，把和好的煤泥用锹铲进灶膛里。他站在一个水泥台上伸手摸捂着发酵的高粱，像是在自言自语："莫老看电视，都是假的，有空多看看书。"

1993年姐姐要来宜昌读书，但学费是笔很大的开销，让我们一家人在开心之余愁眉不展。父亲要出去借钱，他和母亲在家商量谁家会借给我们，恢福大叔的名字最先被念出来，然后他们才列举了一长串的名字，母亲发出艰难无助的唏嘘。

恢福大叔推门进来化解了我们全家的窘迫，他拿着500块钱，肯定姐姐的考试成绩，还说非常支持父亲培养小孩子读书。这是一位善于交流的人，他全程没有用到"借""还"两个字，阳光顺着他开着的门映照进来，我忽然感觉借钱也许不像母亲想的那么难。

初中毕业后我在家种了一年地，在凌晨，躺在床上的我总能听到恢福大叔推开厚重板壁门时陈旧的木头相互摩擦的咯吱声。

他是清泉村起得最早的人。我扛着锄头在母亲的责骂声中也会先转到他家去看看，看他躺在灶口打盹。下雨天我不用下地干活，蓬头垢面地等待大叔从灶膛中掏出烧好的洋芋。他会教我辨识窖床上发酵后最甜的高粱，如果没有事情，我能在这儿待上一整天。

时光流淌在恢福大叔煮酒用的竹撮箕上，新篾编成的撮箕呈竹青色，蒸熟后还带着温度的高粱躺在上面，散发出复合后的香甜。这种特殊的味道只能在恢福大叔的酒坊里闻到。

也许是一坛好酒正在酿着，能散发出来制酒人生命的气息。

少武二叔

少武二叔是距我家最近的裁缝，从他家的堂屋左转，穿过灶屋时就能听到缝纫机咔嗒咔嗒跳动的声音。这台缝纫机侧靠在一扇上下两部分可以分别打开的门旁边，屋前清翠的竹叶掠过的阳光干净柔和，朗照着少武二叔的侧脸。他的大部分身体处在逆光的阴影里，脸部的轮廓线有种被强化的清晰。少武二叔转过头来和访客打招呼，用近似商量的口吻吩咐在边上玩耍的两个儿子给客人沏茶。

清泉村多数父母把对孩子的爱隐匿在粗鲁的呵斥声里，他们尽可能早地教孩子熟悉各种农活，并希望孩子能和自己一样享受这些过程。但任何农活都没有玩耍愉快，乡村的宁静也突显了这种冲突，所以喝斥声此起彼伏，少有的表扬仅出现在年幼的我们完成一件与实际体力不匹配的农活时。

唯有少武二叔家例外，他的两个儿子和我年纪相仿，看到他们平和交流的场景，我震惊不已，因为彼时的自己还没有和父亲对视的勇气。

16岁前我为数不多的新衣服，都在这间房子完成。穿过门的阳光在干净的地面投下一块光斑，我举起双手站在光亮处，少武二叔则拿着一把过漆的宽竹尺在我身上丈量出各种尺寸，再用铅笔把数字记在本子上。其间偶尔会回头批评母亲："是不是没让二林吃饱饭，怎么这么瘦？"

新布放在进门对面的长案板上，二叔捻摸布料时发出织物特有的呢喃声，随即他用粉笔在上面画出很多富有张力的线条。

清泉村在五西高原深处，长期的劳作让男性身形虽然孔武有力，但满脸垢土，皮肤皲裂。少武二叔是个例外，也许是阳光的原因，他沉静时有一些忧郁的帅气，露出笑容时又充满了悠远的智慧，尤其在有条不紊地画出这些线条时。

我穿的第一件新袄子是用近似蚊帐、有着小孔的纱布做的套面，二叔往袄芯填棉花时特意多抓了几把，散摊的布块在缝纫机咔嗒咔嗒的声音中拢到一起，慢慢盖住了我的期盼。

我最开心的是看见少武二叔拎着一只铸铁熨斗去灶屋。这熨斗后面有个精巧的小门，打开后放入燃烧正旺的木炭，少许青烟从熨斗木握把后面的烟囱冒出，盛在熨斗里面的水开始嗞嗞地冒出白色的蒸汽。这时的他挑着眉头向我温和地笑，有时候甚至过来捏下我的脸，笑呵呵地说："二林，你就要穿新衣服喽！"

这是做衣服的最后一道工序，熨过的衣服挺括且合身，即使母亲反复强调要放大一些，免得我后几年穿太小，但比起表哥们穿过的旧衣服，少武二叔做的衣服虽没有夸张的装饰，但有说不出的舒适和包裹感。

最后一次见少武二叔是在2018年春节期间，也就是他去世的前一年。这位长者形容枯槁，见我们回家，他站起来向自己的玩伴，即我父亲作别。我按住他的肩膀挽留，虽隔着冬天的衣服，但我依然能感受到他峭立着的骨头。

二叔伸出双手作揖，他指间空隙很大，略向掌内弯曲，上面布满黑色的小印。这双有着长期劳作痕迹的双手微微作颤，我伸手想去握住，他却很快背在了身后，张开嘴但没有发出声音，露着笑容的脸左右摆动表示一定要回去。光阴剔去了填在他骨骼间的血肉，看到少武二叔离开时跟跄的步伐，我感觉他仿佛连目光都已经瘦了。

父亲告诉我，这位在清泉村的长者和众多在外独居的孩子一样，每晚必喝一杯白酒才能安眠，遗憾的是，让他消瘦下去的就是肝癌。

其实少武二叔姓孙，不是本族长辈，但他总和往事一并出现在我的记忆深处，哪怕年深岁久。我不知道自己是如何铭记的，但总之我记住了，我甚至记住了少武二叔那把过漆的宽竹尺，记住了上面黑色的刻度，幽寂沉静。

祖泽大叔

清泉村落差近 1000 米，这里有着山区常见的各种花儿，它们年复一年从水田坪一路向上盛开，然后凋谢，中间隐藏着时令的变化和自然的力量。

青色稚嫩的果实还顶着风干后的花瓣，电视中正播放一部好看的连续剧。祖泽大叔每天都一个人看到深夜，直到有一天，他关好电视走到床前，猝然死去。

第二天凌晨他才被发现，被子都还整整齐齐。

母亲在电话中向我描述这些，她把身边一个简单的事通过语调变化和末尾的感叹描绘得很生动，就像在我眼前发生的一样。

当然我也记得清泉村的所有的事情，记得那里所有的人，知道他们家住在哪里，屋旁边长着一棵什么样的树。

祖泽大叔家在一条大路的不远处，这条路通向村外，我上小学和初中时每星期都要走这条路，在路上甚至能看清他家房顶上瓦片颜色的变化。

许多年前，在村子的另一头有间窑，这些瓦片是祖泽大叔亲手烧制出来的。燃在窑中的柴要在临长阳县的大湾岩砍,祖泽大叔是出名的好劳力,他背一回的柴,别人要背好几回。

烧制好的瓦凉透后,祖泽大叔提着厚厚的一摞,码在一个木制的背篓上。他不爱说话,对小孩也不太亲热,我叫了他很久才能听到低声应答,或只是看一眼而不应答。

但我又经常能见到他。他有一块田,在桐树井边上,每天傍晚,我陪母亲去挑水,就能看到祖泽大叔背着竹篾篓,一篓一篓地往田里背粪。这块田离祖泽大叔家很远很远,母亲挑了4担水,他还背不来一篓。

立秋不久,苞谷成熟,祖泽大叔便用比春天时背粪时的更大的篾篓往回背苞谷。苞谷堆满了篾篓,他沿着篾篓口插上一圈苞谷,上面再倒一撮箕,往返依然很远,但祖泽大叔能在大多数地才收割一半时,利索地收拾完自家庄稼。

长大后我过年才回清泉村,家里装了自来水,母亲已经不用去桐树井挑水了。

在桐树井边上也很难看到祖泽大叔,但他收割后的田依然裸露在这里。土地吃肥足,颜色看起来比相邻的田颜色都深一些。

再后来村里通了公路,我也不需要再走那条横在祖泽大叔屋后的小路。

如果不是因为他的离开,我已经很难想起这位长辈,因为在我情感的容器中储存了更多的人和更有趣的事情。

我到过几千公里外的地方,见过华北平原一望无垠的肥沃田地,看到联合收割机一天收割几百亩玉米,接触过从不下地的所谓的农民,他们富有,他们精明,他们能很熟络地和我聊天,讲很多我没有听过的故事。

遗憾的是，离开河北后的一年，我开始想不起浮在他们脸上的表情，后来这些脸庞也忘得干干净净。这些人像是立在高速公路边上的意杨树，大小一致，树冠都望向同一方向，整齐到单调，就像昨天在楼梯间遇到的把着门锁柄和我说话的邻居，笑容都未结束，就听到咣的关门声。

相对成片的意杨林，祖泽大叔更像枝条扎向苍穹的槐柏。我知道这位长辈离世的当晚，乡亲们会踩着鼓点，在他辛苦一生建起的房子前的稻场上，跳一夜丧鼓。

人群中会有人讲祖泽大叔生前的趣事，没有谁会反对，祖泽大叔生前就木讷少语，不会用脏话回敬哪些打趣他的人，现在更发不出任何语句。次日，他辛苦耕种一生的田里的某棵树下，会多出一座半人高的坟茔。

丧鼓唯一的伴奏就是一面大鼓，木槌击在牛皮上发出单调但壮丽的声响。鼓声在月光下向四围涌动，沉寂的田野过滤掉了浮着的喧闹，一直隐藏在鼓声中的苍凉开始翻涌集结，比单纯的哭声更让人悲悯。

我能隐隐约约听到清泉村的鼓声，也感受到了沉浸在鼓声里的忧伤，这种忧伤包含了我对清泉村所有前辈的理解和认识，只有他们，才是我想象中的样子，我再也不能像了解这里的人一样去了解后来认识的人。

这些平静生活一生的长辈，很多从没离开过清泉村超过一天，但哪怕已经离开或终究会离开，这些渺小若尘的名字，都承载着我灵魂的所有重量。

我心里的清泉村，是你们都还在的清泉村。

同德姑爹

很小的时候,母亲最怕我和姐姐生病。每回她自己生病时,都会非常庆幸地讲:"幸好是我得病,能扛过去,你们病了我才是没得法。"

可我还是病了,更不巧的是在农忙的季节。

早上起床时母亲已经感觉到我浑身发烫,她的手掌在自己和我额头上不停地交替,无比沮丧地说:"二林,你千万不要病了,菜籽田的苞谷才收一半。"

晚饭时,母亲在灶旮旯里用三角炉子支着小锅,切了一小块腊肉煮汤,放了许多干辣椒皮,她敦促我要多喝点汤,出一身汗后就能很快好。

睡觉时母亲把我搂在怀里掖紧被子,期待天一亮我就能如她所愿地退烧。

即使我吃到了这个季节很少吃到的腊肉,第二天依然没有好,一天一夜的发烧让小时候本来就体弱的我双目无神,安分地躺在床上。

母亲反而没有了苞谷才收一半的焦虑，背着我往同德姑爹家去。这是一段上坡路，路边半人高的石挡墙减缓了田地的坡度，同时围住了山区极为珍贵的熟土壤。走累的母亲把我放在石挡墙上，伸直腰向我讲述同德姑爹最善于治小孩子的病，我小时候有次发烧已经不省人事，是同德姑爹烧灯花才救过来——他从我的天汇穴一直点到人中，在点人中前，同德姑爹回头对举着煤油灯的母亲说："这一下去，如果二林将来是个残废，你莫怪我，要保他的命。"

燃着火苗的铁扫帚苗映亮我的人中，同德姑爹又回头对母亲说："要是救不了他的命，你也莫怪我。"

母亲双腿一软，差不多跪在地上，把煤油灯凑近来，定定地看着我的小脸蛋，说："行，你点吧！"

所以，同德姑爹是我的救命恩人。

他家门口有一片旺盛的竹林，竹林边缘是一人高的石墙，上面就是平整干净的稻场了。同德姑爹坐在屋檐下，翻开一本厚厚的书指着上面的几行字责备母亲，书上面写着如果病人的痰是铁锈色，可能是得了肺炎。我刚识字，把小脑袋凑在书前跟着他的手指移动。他是位和蔼的长者，即使他马上会拿出煮注射器和针头的铝铁饭盒，我依然不感觉害怕。

因为更早的时候，我经常去找他玩。邻着我家的村加工厂有间糊满报纸的房间，中间放张木桌，铺着白布的桌面上放着煮注射器和针头的铝铁饭盒，饭盒中盛着大大小小的针头，最细的是做皮试用的。

同德姑爹用镊子在沸水中取出需要的针头装在注射器上，笔直向上推出里面的水和空气，把试剂注进装有青霉素的小玻璃瓶中，桌子对面的小孩子已经吓得开始哇哇大哭。

我倚在门框上盯着桌子上空了的玻璃小瓶，生怕打针的人号几声就不哭了，那么这个玻璃瓶很可能就轮不到我，好在后来同德姑爹每次都随手把空瓶直接递过来。

如果村里发小孩子吃的驱虫药，我必定也是第一个吃到的。铺着报纸的桌面摆满彩色的宝塔形状的药，这种药口味清甜，口感酥脆，我把手搭在桌子边缘，流着口水看着对面的同德姑爹。他应该天生就是医生，在清泉村所有长辈中有着明显异于他人的长相，眉眶和鼻梁突出且边界清晰，眉毛孔武有型，目光带着确凿无疑的善良和关爱，十指不带一点儿尘垢，能飞快地把手掌大小的、盛着几片阿司匹林和去痛片的纸片折成三角形口袋。身上穿的蓝色和军绿色的中山装干净挺括，贴胸的小口袋上还插着一支钢笔。

当然也会有大人按着肚子或是捂着头，低声无力叫着"鲍医生"并瘫坐在桌子这边的椅子上。同德姑爹伸手去号着病人的脉，头侧望到一边，询问一些我还听不懂的问题，交谈结束后站起来，在桌上铺开几张纸，拉出身后密集但规整的小抽屉，抓出各种中药。这些抽屉刷了山漆，形状色泽一样，但同德姑爹从没有拉错过。摊在纸上的中药被一杆用黄铜点出细密刻度的小秤分出所需的剂量，再熟练地包起来，用麻绳系好递给病人。

如果抓的药需要碾碎，他会从桌膛里掏出一只腰身很高的铜盅，里面有一根石杵，药放进去后，同德姑爹一边安慰病人一边捣动石杵。药香弥漫开来，刚才还瘫坐的病人像是受到某种启示，言语中恢复了中气，开始羞愧地解释药吃了估计要很久后才能送钱来。

我不再是小孩子后,国家开始着手建立健全农村医疗机制,同德姑爹是师承学来的手艺,没有所需的各类手续和执照,故不再给人看病抓药。

随后我也离开清泉村去远方谋生,和已经不是医生的同德姑爹仅在过年时偶尔见面。他虽身材清瘦,但双目依旧炯炯有神。

也许是因为他的前半生都浸润在药房里,所以他的衣梢上总带着些许中药的气息,也许是茯苓,也许是石菖蒲,总之,这种气息能让你神定心安!

近期我好像生病了,午夜时身体某处有隐约的疼痛感。

在睡梦中被身体的疼痛感打扰到醒,有点像开车行驶在布满浓雾的乡村公路上,忽然从对面传来了马达声,停下车来有意捕捉时它又变得薄弱无力,几乎听不见,但你还是要耐心地停车等待。终于熬了几个晚上之后,我在腹部像抓住了小偷一样找到源头,我兴奋地捂住这个位置等待天明。

我决定把这名小偷交给医院去处置。从一楼上五楼,再回到三楼,我向好几位医生重复描述自己的感受。最后一位大夫都惊叹我的准确用词,转过头来问我是不是医生。

这是看病过程中唯一和我有过目光交流的医生,其他医生都没看过我。他们只是盯着电脑屏幕上的数据毫无表情地说:"这个没事,你要去另一个科室看看。"

我也看不到他们,因为他们戴着口罩。

上午加中午,我身体各项指标都已经被数字化,像是一份成绩单。我不再关心自己是否疼痛,转而开始研究起这些数字,因为这些数字前面都有一个小箭头,向上或是向下,意味着接下来我不能干什么或是应该干什么。

根据现代医学体系的结论，我是健康的。

这是一个我期待但很无趣的结果，我只是希望，是一位德高望重的老医生，看过我的舌苔，号过脉，按过我的指甲盖，和蔼地对我说："你没事！"

就像在清泉村，每次同德姑爹打完针后总要摸摸我的头。

回家的路上我想到这些事，想到在清泉村的母亲和同德姑爹，他们没有被时间和距离隔离，他们清晰地出现，就好像正在发生一样。我不是记忆中的谁，我只是一位观众，看着这些事发生，然后记下来。

年豆腐

母亲对收获的粮食有着特别的钟爱,她路过盛着玉米粒的木缸时总会不由自主地把展开的手掌伸进去再轻轻握拳。从指缝间滑落的玉米发出簌簌的声响,母亲像呼唤我和姐姐的小名般叫着它们的名字。

她也从不用"斤""两"这种冰冷的字眼来度量一年辛苦付出后大地给予的各类馈赠。玉米是用"背篓"来计算的,丰年时我们家能收50多背篓玉米,这时木缸顶部会隆起一个饱满的玉米粒筑成的锥形,需用竹簸箕倒扣着,这样干透的玉米粒才不至于滑出木缸。但母亲每每路过时依然会把竹簸箕掀起一条缝,把手探进去。顺着缝撒出的玉米粒会被母亲认真地拾起,装在一只玻璃杯中,放在窗台能照得到太阳的地方。

在所有的收获中,母亲对黄豆仿佛有着更深的感情。

这种情感从黄豆种子下地时开始注入。母亲不会掐着手指推算节气,也不用"种"这个机械呆板且埋藏着繁重体力的字眼,而是说"撒"黄豆。这个"撒"字透着轻盈潇洒,像是在连阴天里去邻居家串门聊天一样轻松愉快。

玉米抽出第四片叶子后,只需一个早晨,母亲就能把精心贮存的黄豆种撒在田间。滚圆饱满的种子韬光养晦地埋伏在两行玉米的间隙里,等待雨来。

到了6月,玉米长长的叶子挡住白晃晃的太阳,黄豆叶根处伸出长长的豆荚,即便还不鼓满,但一串串紧挨着的清嫩豆荚能证明种子没有辜负母亲的期望。

半个秋天清泉村的天空都布满火烧云,它们舔干了地里庄稼最后的水分,收割后黄豆摊在竹卷席上晾晒。

黄昏的微风能掠动竹卷席上的黄豆时,母亲吩咐我去三姑家借来木斗和木升,她拿出家里品相最好的几条尼龙口袋,黄豆盛到斗的木柄处,她才让我撑开口袋,每一斗倒进口袋,母亲会反复自语:"这两斗给大姐;这两斗给幺姨;暑假你们不用空着手去大龙坪;这两斗给你姐姐留着,交到学校;这一斗要留着,我们过一阵要打年豆腐。"

此时年还离得很远很远。

年虽然还离得很远很远,但终究还是会来。

腊月日短,母亲把要做年豆腐的黄豆倒进竹簸箕,双手平端开始筲动。沉寂了一个季节的黄豆一跳一跳,在簸箕的细篾上拍出有节奏的声音,才慢慢跌落进搪瓷盆,收割时混进来的小土块和干瘪的黄豆则遗留在了箕口。次日凌晨,我还躺在温暖的被窝,就听见灶屋里的石磨盘旋转时发出的吱呀声,而母亲已在稀朗的晓色里把水缸挑满了水。她对黄豆的钟爱开始蔓延,哼着歌,在热情中忙碌。

母亲是位勤劳且十分智慧的女性,她在极为苦楚的日常生活中总能找寻到属于自己的乐趣。母亲喜欢在知时节的小雨声和秋收时干净的日头下哼和现在一样的小调,这种介于口哨和歌唱之间的特殊声音对我极有感染力,我知道其间描述的是什么样的故事,甚至能从声调的变化中推断出灶里的火需要大还是小。

锅里煮着通过石磨把山泉水和黄豆混成的乳白色的豆汁,灶台上卧着3只碗,两只碗中放了勺白糖,另一只碗在母亲手边,盛着先前磨出的石膏水。

缭绕的水汽中豆腥味慢慢消失,随之而来的香甜回馈了母亲对黄豆的信任。豆汁要开出水花的前一秒,我迅速拿出灶中的劈柴。

平静后的豆汁被母亲用菜盆倒进了纱布包袱里,锅里不足一盆时母亲换了木瓢。这些没有刻度的量具是母亲手的延伸,她总能十分精确地运用。最后一瓢豆汁倒进包袱,刚好平齐沿口,冒着热气的豆浆滤在竹簸子里,满满当当。

母亲用瓢撇去浮沫,吹走热气,把石膏水慢慢倒入簸箕中,片刻后,卤水变得清亮,细嫩的豆花逐渐显现出来。

刚滤过豆渣的纱布包袱铺在筲箕里,用来滤走豆花中的卤水。母亲把豆花轻轻地舀进来,每盛起一木瓢,她都会仔细打量然后强调:"今年的豆腐才好,今年的豆腐才好。"

母亲完成一件事情后喜欢表扬所有的参与者,包括各种器皿——竹筲箕是外公逝世前做的,她在卤水中清洗时会说:"你外公只怕在天上看着呢,这个筲箕盛的豆腐没有差过咧。"

在浆洗纱布包袱时又会说:"这块包袱好,你看眼眼儿均匀又细。"她甚至把包袱撑开对着窗户的光线来展示纱布上细细密密的小孔洞。最后她会说到石磨,再说到天气,又说到早上去挑水时，桐树井里刚好有 3 担水。

因为顺利地做好年豆腐，意喻明年的收成也很好。生活中许多充满悠远智慧的事情，母亲都熟练掌握了其中的奥秘，熟练到她习惯忽略自己艰辛的付出。桐树井里刚好有 3 担水，是因为母亲起得太早，她去挑水时，邻居们还在睡觉，但她不会肯定自己，更情愿相信这些都是自然的绝妙巧合。

2020 年春节，我在母亲做年豆腐之前回到了清泉村，再次见到母亲如多年之前一样做出年豆腐，甚至在缭绕的水汽中捕捉到我留恋故乡的食物是对自己身份的认同，对过往的认同。

母亲对不能话语的器物表达的感激朴实真诚，潜伏着难能可贵的人生哲理，我明白自己现在的收获，未必是自己能力有多强，而是处在一个伟大的时代中，我只是被裹挟着向前。

我应该感激母亲，感激这个时代。

同学·覃冰来

我们相识于桥坪小学。这是傅家堰乡辖区内3所小学之一，有6个村庄的学生在这里寄读五年级和六年级。

桥坪学校地址很偏僻，多数学生上学都要翻山越岭，爬到学校体力浪费一大半，疯赶打闹玩一会儿，体力便浪费九成了。

傅家堰乡在2019年还是贫困山区，所以桥坪小学维持得异常艰难。大多数学生不知道饱是什么滋味，个个面黄肌瘦营养不足。

读小学时，我和覃冰来都很矮，两人同桌坐在第一排。

他是我众多朋友中最成功的一位，在小学五年级就有了绯闻，那个时候异性都不如一个馒头对我们的吸引力大。一位叫李容的同学在细心观察后，说班上某位女生上课时看的不是黑板而是覃冰来，我本能地以为他脸上有与食物相关的东西，端详过几遍后终于发现他其实很帅，另外他每天都洗脸，脸比我们都干净很多很多，确实值得一看。

每个星期六放假，我们带着空瓶子、空罐子、空肚子走几千米山路回家，星期天下午又背着背篓和这些器皿上学。瓶子里面盛着家里能捎得出门又能贮存一星期的食物，这就只能是咸菜和泡菜。

每个学生都有一口木箱子。箱子放在寝室，从里面到外面都能证明该学生的家境。漆油光亮，打开能闻到猪油味的，家境殷实无疑，不过这些箱子一般都上锁，有些箱子的锁比我的脑袋都要大。

从食堂打来苞谷饭，一进寝室飞起一脚把箱子踹开的，就是我这类家里穷得叮当响的学生。其实箱子里面除了蟑螂什么都没有，我们只是期待一个奇迹安慰下自己的胃，就和那些对着彩票中奖号码自语的人一样，其实已经有5位数不对了，他还在神经病似的期待第六位数正确。

那个时候我们不知道什么是"胃"，只知道"肚子"，因为知识和食物一样匮乏。

有次我踹错了箱子，箱盖子飞走后里面居然有块香皂和一把梳子。这种东西我第一次在学校看到，想必是饿晕错走到了女生寝室。当时我才12岁，自己都感觉流氓得太早，对不起社会。

覃冰来走近这个箱子开始骂谁在瞎走时，我感到无比开心，甚至幸福，就和某天晚上你遇到一队打劫的，在你掏钱的时候发现对方居然是自己的朋友。

在那一瞬间，我单方面把他当成我最好的兄弟！

刚好在第二个星期，我父亲从县城给我带回了一个菠萝。这个水果能完整地来到湖北省五峰县傅家堰乡清泉村太难得，我拿着这个怪物，内心有莫大的震惊，好奇什么样的树会结出这样奇怪的果实。

在思考应该如何下嘴时，我想到了覃冰来，我决定拿学校去和几个朋友一块儿分享！

　　其实分享只是一方面，另一方面是我需要让别人知道我吃过菠萝。这事得有观众，而且越多越好，方便以后我对其他人吹牛皮！

　　1996年某个星期天的下午，在我那口发霉的箱子上，放着一个快发霉的菠萝，当时具体有多少观众实在想不起来，不过肯定有覃冰来。按照现在商务宴请的惯例，他应该处在一个很重要的位置上。作为主人，我无比自豪，一刀下去，一种从没有感受到的水果香味，弥散了整个寝室。

　　我们沉浸在这种气味中，爽得就像当天晚上没有晚自习一样。

　　六年级毕业，学校要照毕业照，每位同学冲洗了6张相片，其中的一张贴在小学毕业证上。多数同学是人生中第一次照相，这何其稀有，关系好的同学更是互换了余下的相片，就仿佛明天就见不到了一样。事实证明，有些同学从此的确不曾再见，即使再次见面，也已是一位小孩子的父亲了。我们没有兴趣再去看他本人的脸，而是打量他儿子脸蛋或是他儿子母亲的脸蛋。

　　因为覃冰来勤于梳洗，那黑白小照和某个女生一样漂亮，我拿着他的相片就和当初捧着那个菠萝一样，发自内心认定这是件极为自豪且值得炫耀的事情。

　　初一时我们要去更远的地方读初中，离学校30千米，半个月回家一次。

　　刚好有马路可以到学校，于是有部分同学可以乘车上学。

　　我家穷，大人给钱的速度要半年才能凑足一次车费，我是不可能有钱坐车去学校或回家的。覃冰来有经济能力，但人没本事，他晕车，甚至看着车从远处开过来，就能蹲在路边吐几场。

这样一来，我俩在 4 个小时的步行路程中偶尔遇到，这个时候他已经真的很帅了，几乎和那张相片一样帅。而且覃冰来胆子和身高成反比，他常让我放哨，自己去摘路边树上的柑橘。他像走近自家橘园一样，哼着歌，大方走进橘林，然后又哼着歌走回来，用衣服兜着一堆橘子，边走边吃，边吃边扔，如此愉快地到学校。

在适当的季节（毕竟橘子不是一年四季都有），在上学的路上遇到覃冰来，对于我来说是件幸福的事情！

初三时，我们又在一个班，这时我们开始慢慢懂事并处理一些事情，覃冰来显露出他良好的人际交往能力，他的处世方式圆融高级，幽默时又不缺乏真诚，和全班同学打成一片，几乎人人都是他的朋友。

结束九年义务教育后，我们俩都深刻地认识到自己不能再祸害老师了，便很自觉地回家种田。

再次见到他是 2005 年，我在宜昌找工作。覃冰来对谁都热情，所以他租的房间俨然傅家堰驻宜办事处，天天人满为患。

他租住的房间在万寿桥火车道附近，大家越过铁轨和之后的十几步台阶仅耗去四五秒钟时间。当他打开房间的一刹那，我们这些农民立马双脚并拢呆呆地站在门口，花一分钟考虑先迈进去左脚还是右脚。覃冰来异常爱干净，房间虽然很破，但窗明几净，一尘不染。

他那张偌大的床上面叠放着若干干净的被子，我想今天终于要享受一回了，看着床就舒服。

清泉村·宜昌城

临睡前，七七八八来了许多人，都是在宜昌的同学，一人搬床被子，各自寻位置打地铺，场面之大，壮观得只能用一句话说明：不开灯去洗手间，真不知道踩脚下的是头还是脚。

　　这个季节还有一件重要的事情，便是一位面貌姣好、气质姣好、身材姣好，让许多男同学看着吃冷馒头都不用喝开水的女同学和覃冰来合租。传闻两人经常在一块儿开火做饭吃，当时我十分羡慕覃冰来的福分。

　　不熟悉他的人都不会怀疑覃冰来会做出格的事情，但其实他经常做出让我感到吃惊的事情来！

　　在 2002 年，覃冰来的职业是修车，应该是钣金油漆一类的工作，他时常把一些车涂成我们读小学时的脸蛋一样。

　　我到处应聘，到处有拒绝的声音，心情不好时喜欢钻过贴满报纸的车门，伴着细细的、沙沙的打磨腻子的声音睡觉。这兄弟胆子依然巨大，他工作的某道工序是把车放进烤漆房，车宽 1.6 米，烤漆房门宽 2 米多点，他叫了几声没有同事帮他移车，居然自己扎进驾驶室，点火开车，那贴在车门和车窗上的报纸仿佛有了生命一般，惊恐万分地张扬开来，发出哗哗的展纸声。我还没有奔出车门，他已经以 60 迈的速度把车开进了烤漆房。

　　我和报纸都很惊讶，也在后怕，覃冰来回过头来安慰我说："不怕，反正撞了我们会修。"

　　这是覃冰来第一次开车的经历，也是我最后一次在他们车行玩的经历。

同学·吴先芬

去年和老家的母亲通话时,最多的话题,便是村小学下面新修的那栋房子。

母亲擅长描述,她说这是清泉村目前最好的房子,地势好、稻场宽,进门的台阶上都贴了瓷砖,屋里屋外和城市房子装修得一样,还有整体橱柜。末了她总要感叹,你二婶吃了那么多苦,好在有两个有出息的姑娘,在清泉村,姑娘拿钱做房子只怕就这一户。

母亲说的有出息的女儿中的姐姐,叫先芬。

我俩同龄,而且两家住得非常近,小时候去供销社买东西,总要经过她家。先芬家藏在一片长满栗树和梧桐树的树林中间,小路隐匿在这些大树脚下,傍晚时天光昏黄,我很胆怯,一到树林的边缘就不停地喊:"先芬——先芬——"

穿着白罩衣的先芬站在稻场角落四处找寻,即使没有看到我,她也会不停地扭头回应,叫我的小名二林,然后大声邀请我去她家玩。

如果先芬没有听到，我就会径直走到她家的稻场，拍拍用塑料布遮着的窗户。我知道这间是先芬的卧室，塑料布很厚，长久地被阳光直射，变得有些浑浊，隐约能看到先芬在里面晃着的辫子。

在这块塑料布前还没有站到10回，母亲就拿着碗口粗的木棒指着我说，再去拍先芬的窗户，就打断我的腿。她重复地用一句话警告我，扔棍子时才说了另一句话："先芬是姑娘家，你给我离远点。"

母亲当然不知道，先芬在学校和其他男生一起，用泥巴枪把我顶在墙角，要我交代鬼子什么时候来根据地"扫荡"，不然就要把我绑起来——村里刚刚放过《洪湖赤卫队》。

中央一台播放《情满珠江》时，先芬家有了电视机，每天都有好多小孩来看电视。先芬看过她爷爷订的《电视报》，不停地告诉我接下来会发生什么。放电视的堂屋用水泥铺过，先芬又爱干净，铁扫帚苗扎成的扫帚一年用坏好几支，素水泥地泛出青色的光，能倒映电视闪烁的画面。看完电视时已经晚上9点了，我更害怕走这段在林间的小路，先芬便把电视声音调得很大，我走出树林时还能听到片尾曲《当我看见你的时候》。

五年级时先芬转学了，我走她家附近的路也不再喊她来壮胆。不是我克服了恐惧，而是走到树林的边缘就能看到她带着妹妹乖巧地挑遗落在碎米中的谷子，两个小脑袋顶着簸箕。她们的父亲得了病，需要挑这些碎米来煮粥。邻着她家的小水沟里堆满弃掉的药盒，还有很少见的输液管。我还没有体验过亲人即将离开的悲苦，每天都等待夜幕来临，无论多忙碌，母亲总会带我去她家玩一会儿，二婶细碎但伤感的抽泣让人深知，这是一件悲伤的事情，先芬也失去了平日的爽朗，几乎没有什么表情，只是在我们要走的时候，倚在门框上轻声挽留，让我们再玩一会儿。

这年秋天，罕见连阴天里的湿气卸去了北风的凌厉，它们都吹不翻一片树叶。竹林长久地沉寂，跃动的松鼠找不到踪迹，某天的黄昏，听到几声火铳响起，母亲哽咽地对我说："唉，先芬和你一样大，今年12岁。"

先芬的第一个本命年，父亲离世。

二婶开始一人操持家务，疲惫不堪，先芬妹妹学习成绩优异，在全乡已崭露头角，所以1999年初中毕业后，先芬也辍学了。

这期间堂哥托我将一封信交给先芬，是封拙劣的情书，除了说喜欢她外，还抄了一首《窗外》的歌词。我还没来得及给先芬就被母亲发现，她以为是我写的，操起碗口粗的木棒要打断我的腿，说我癞蛤蟆想吃天鹅肉，清泉村哪有配得上先芬的人。

16岁时，我开始有了横行乡里的胆量，不惧怕这个村庄的任何人，除了母亲口中的癞蛤蟆。

不久后先芬在城里工作的幺叔带着她离开了清泉村，次年我也去县城学厨师。

所以2000年以后，我俩仅在年初离开清泉村，结伴赶去邻村坐车时才见面。因为需要在半夜时就出发，夜色里先芬家堂屋照出来的光映亮了门口的竹林，我顺着光很快走到她家的稻场，就算母亲不拿木棒威胁，我都径直转进厢房火塘屋里等待。先芬已经是一位十分漂亮的姑娘，她已经不会和小时候一样，脸都不洗就顶着芜杂的头发冲我笑。

从清泉到鸭儿坪要穿过两道山岗，这些在石头上劈出来的道路十分崎岖，先芬的高跟鞋经常踩进石隙里，她又会和小时候一样叫道："二林二林，快来扶一下。"在内心我有一些反抗，但这些反抗不到一秒钟就变得薄弱无力，然后一丝不苟地完成她的指令。

好几年中的无数次重复，我们终于通过这条小路走到了通衢，先芬去了上海，我去了北方，过年短暂遇见，她开始揶揄地叫我张总。这期间纷杂的事情就像篝火燃起的烟雾，被疾风吹散，我俩没有多余的心力去延续往日没有实际用途的友谊，甚至没有对方的联系方式。

今年春节，我们因疫情都被隔在清泉，意外知道两人的小孩居然又是同岁，而且在距清泉村 200 千米外的宜昌，我俩的房子又离得很近很近。

但在宜昌，我们相隔的这段路途中，没有高高大大的栗树，没有跳着的松鼠，我多是开着车快速通过，路过很远后才想起，有位曾经的邻居其实住在这里。

绚丽的城市照明深埋了昔日清泉村昏黄浅淡的天光，即使深夜路过，都不会害怕。

我只是在此刻恐惧，恐惧这种害怕的消失。一些故人的影子坚强地站立在往事中，但呼啸而来的时间不停掠过，诸如许多曾经的好朋友，终究都渐行渐远渐无书。

同学·肖侃

五年级上学路上会经过一个叫鸭儿坪的集镇。

这里有一些比我们住的房子更高更大的瓦房，它们有长长的屋脊，开着很大的门，窗户都有用细圆杉木做的格子，里面装着玻璃，两三栋排列在一起，挤在坑洼的马路两旁，二楼开的小窗户像两只眼睛盯着来往的人们。

瓦房大门旁边立着写有浓浓年代感名字的牌子，如"供销社""粮食局""盐业"等。

粮食局临街有一个长长的木柜台，里面坐了位打扮精致的阿姨，她在织毛衣。太阳的光影透过敞开的大窗户在这个房间投下了一个不规则的矩形，明暗的对比让阴面的灰色更重，几乎看不清这个区域所有的陈列。

看我们路过，阿姨对着里屋叫了一声，侃侃，要上学了！

一个穿着明黄色夹克的女孩子从里屋应声出来，完整地站在充满阳光的矩形内。她双手插裤兜里半蹲下，和叫她的阿姨讲话。她的头发比我的都要短。

从很小到现在，我对文字都有莫大的感情，在异常贫瘠的清泉村，我争分夺秒地认字，我自信比我同龄的小伙伴识得更多的字，我更先于他们感受到了阅读带来的愉悦和改变。读书时我是孤独的，我属于那个不合群的孩子，所以听到"侃"字的发音差点没哭出来，仅仅是因为这个字，我好像找到一个好朋友。

沮丧的是叫这个名字的人是个女孩子，在我12岁的认知中，女孩子只会哭，不可能成为伙伴。略为宽慰的是那件垂悬挺括、颜色辉煌的夹克，打破了女孩的穿衣常规，想必她是一个有趣的人。

我的四年级是在清泉村读的，五年级开始寄读，班主任集合时，我发现她和我居然在一个班。

女孩名叫肖侃。

这是一名同班4年，说话不到10句的同学。

最开始不说话是因为不熟，不敢说。她是个假小子，上下楼梯光速，比男生迅捷。

桥坪学校设施不太好，每天下午全校学生都要从泗洋河用脸盆端水倒进学校的蓄水池，以供日常使用。从河畔过校园再到水池有一段距离，而且是上坡，大多数女生都不堪重荷，盛着的水不到脸盆三分之一，唯有肖侃，满当当一盆，倒进水池发出轰隆隆的声响。

六年级时我们都坐在教室第一排，肖侃在我旁边，中间隔着一张课桌的距离。也许是我侧目频繁，班上有位调皮的男生某天把我和肖侃的名字组合在一起写在黑板上，领着全班一起念。这个既不押韵又不顺口的短语居然迅速传开，在很长一段时间里，同学们都不正经叫我的名字。年少理不清什么叫男女朋友，反正同学就认定肖侃和我很好,这个"好"字饱含深意和广度,我们理解和不能理解的都需要承载。

所以肖侃是我第一个绯闻女朋友,在我们都不知道什么叫女朋友的年纪导致在桥坪小学同学两年,我俩都不敢和对方说话。

初中在傅家堰中学读,肖侃和我又分在一个班。只是六年级写在黑板上的那句话经过时间的打磨变得熠熠生辉,这个有两个人名字的句子让我有无尽的荣光和麻烦——经常有小伙伴莫名其妙地对我说,肖侃真的很漂亮!

大家都羡慕我小小年纪就有这么漂亮而且有性格的"女朋友",麻烦的是,每当我真正给喜欢的女生暗送秋波时,她们都会低头望望肖侃,然后把目光挪开,所以我在读书时其实一个女朋友都没有。

初三进行了分班,看到自己同班的同学中没了肖侃,我首先是开心,开心之后是比开心更深刻更复杂的怅然。这位与自己同学4年的第一印象非常完美的女生,和我没有一次像样的对话,有时甚至把对方当成很讨厌的人。不得已擦肩而过时肖侃都紧攥小拳头,我惶惶中担心了4年,我怕她会在没人的地方揍我一顿,毕竟有次上学的路上,看到肖侃在踢取笑她的姐姐。

她的教室在紧邻楼梯的一侧,其实这时大多数女生开始变得文静,但肖侃除外,每回走到一楼,就能听到肖侃和她同学打闹时爽朗的笑声。这笑声穿过四层楼的之字形楼梯,发出混响。她的朋友中男同学更多,路过她们班时我异常小心,后来迂腐得尽量不走这一端的楼梯去上课。

毕业若干年后在宜昌接到肖侃的电话,她说自己要结婚了,让我过去玩。她的声音一如往日那般豪迈,轻易越过10年光阴

清泉村·宜昌城 | 115

捞起了我之前的回忆。

　　这是一位开心幸福的新娘。当我见到穿着红色礼服的肖侃时，我最想去摸一下她盘着的头发，确认看是不是真的。

　　返程时她送我出来，我俩走在因燃放过礼花而布满红色纸屑的小路上，聊读书时的往事，走了很远，还能听到她在跟我告别。

　　我有点恍惚，感觉这位也许不是真正的肖侃，有点像她姐姐或是妹妹。

同学·吴先容

我读了10年书,吴先容和我同学9年。

吴先容好看,瓜子脸,大眼睛,小鼻子小嘴巴,白净,扎两个小马尾,衣服干干净净。

以上都是我妈说的。

我最先知道的是她家的狗,在黄昏吠叫。这狗很自信,叫声凶猛响亮。吴先容家在关刀崖脚下,这堵悬崖像一个巨大的回音壁,把狗吠声扩大后投射到整个清泉村,显得更有气势。

吴先容启蒙时我在读第二个一年级,6岁。

她和我同桌,虽然我早认识了几个字,但非常怕她家的狗,低眉顺眼地用沾满泥巴的手边擦鼻涕边教她读 a o e。吴先容内向,面色清秀,穿着新衣服新鞋子,像一颗精致的糖果,眼睛怯怯地盯着课本,脸色绯红,轻声跟着我念。

清泉小学是村小学,大多数同学都相互认识,没上学时就在一块儿玩。下课铃声一响,教室就像遇见水塘的野鸭群,哗哗展翅往操场上挤。只有吴先容,安安静静地把书本摆放整齐,把笔收好，然后放进书包，再不急不慢地走出教室，低着头避让那些横冲直撞的男孩子。

五年级我们开始寄读，在桥坪这个地方。

她的父亲就在离学校500米不到的供销社上班。这是栋又大又气派的建筑，十几米长的木柜台都被漆成了蓝色，中间镶着玻璃，吴先容的父亲严厉不喜言语，这种陌生感使得我怀疑整个供销社以及这栋房子都是我的禁地。我把手搭在柜台边沿小心翼翼地向前挪动，在摆着的两把算盘中间，看到吴先容就坐在柜台后面端着一碗米饭。

从窗户照进来的阳光把她和碗里的米粒都映得晶莹剔透。吴先容身后是组高到屋顶的玻璃门立柜，上面放着更多的商品。这种环境显然比狗的叫声更具有气场，我不敢和她说话。

初二的暑假，我终于去了这位同学的家，屋里有篾匠，我去她家讨要两根竹子。这时的我已经过了怕狗的年龄，操着棍子越过几级石台阶就看到了吴先容家的房子：外墙都用石灰涂白，青色的房瓦，正前方的竹林青翠，边上养着一窝兔子，堂屋的两侧挂着4幅写意山水轴画。吴先容正在认真地做暑假作业，她捂着作业本不让我看，束着马尾的橡皮筋五彩斑斓，和第一次见面时红着脸微微扭过头不好意思地笑相比，这个时候的吴先容说话依然很轻，像青蝉薄翼的振动，音色清亮悦耳。

显然这是一位大家闺秀！

我真心觉得吴先容好看是在初三，学校组织晚会，她参加表演节目，顶着一个白丝巾跳舞。她们在体育书上挑了一些动作，有重复的屈蹲和转身的姿势，就像新疆姑娘在跳刀郎舞，背景音乐是陈明的《快乐老家》。学校的舞台非常简单，没有辅助灯光，没有布景，但台上的吴先容依然有出尘若仙的感觉。

少年时期我第一次认同母亲说的话，这姑娘是好看。

这年我开始疯狂地长个子，早操列队排到了班级队尾。吴先容小巧可爱，在她们班的队首，全校围着操场跑步时，我和小伙伴经常回头窥望她们班女生，第一眼就能看到吴先容。这个年龄已在青春期的边缘，就像早操时的太阳，虽然没有完全显现，但也能映亮脚下的路。我们都还没有弄清楚为什么喜欢看漂亮女生，但每天都总结一遍谁最漂亮，在我认为吴先容漂亮后，发现好多男生都认为她漂亮。

再次听到她的名字是在更远后的某年冬天，我已辍学多年，同龄小伙伴各自天涯，仅在春节见面。我在一位发小家里玩时，他的某位长辈专程造访，神秘地向他父母举荐自己，说他能做成红娘，把吴先容娶来。

吴先容和我发小在南方城市的同一家公司打工。

最开始我略有伤感，那感觉和初三跑步时发现了最漂亮的女生，却一直不曾记起对方的名字一样。

和发小告别后我独自回家。北风料峭，日头毫无光彩，灰蒙蒙地挂在关刀崖上。路边的木梓树除去了繁密的树叶，小小的灰白色的果实悬挂在孤寂的枝梢，但它们依然在讥笑我。

向上望，吴先容家门口的竹林依然遮挡了我大部分的目光，我听不出她家狗的犬吠声了，很多年已经过去，她也许都记不清我的名字，更不可能知道我此时在为她惆怅。

从古坟岭嫁来的孙嫂正在收割红薯，她当新娘子时整个清泉村都在惊叹她的美丽。在大人的啧啧称赞声中，她双手叠放在大红绸被上，白皙的皮肤反射出细嫩润滑的光泽，这是我童年见过

清泉村·宜昌城 | 119

的最好看的女性。

　　此刻离我不到 10 米的地里，孙嫂正扭着粘满枯黄树叶和苍耳的屁股往背篓中钻，毫不犹豫地把曾经那么漂亮的手扎进土里做支撑，另一只手拽着带有腐叶的红薯藤努力站起来。负重让她佝偻下腰，背篓两边垂下红薯藤根掩盖了她曾丰盈的身材，我仅看到一篓没有色泽的器物在移动。

　　她抬头向我谦笑时，我看见时光在清泉村这个地方流淌得异常深刻，年华经不住这里刀削般的北风，日头也厌倦眼前的高山沟壑，像新装的犁，一线一线从关刀崖向下耕耘，翻起的泥土掩闭了太多的风韵。

　　到家里后我开始想象发小他俩的婚礼。吴先容肯定比孙嫂更漂亮，她更不会在清泉村的某块地里背红薯。但我还是不能释怀，我希望她嫁得很远，远到看不见美丽渐渐消逝的地方。

　　更多的年华已经来过，我一直记得某个下午，自己因为听到一次善良的谈话，差点剥去我对清泉村这个地方最为真诚的热爱。我看到自己心中深处的内核，那外面包裹着层层不同的情感，渗入有吴先容的那一层，出现和姐姐出嫁时相同的忧伤和颜色。

　　也许，吴先容就不仅仅是我的同学。

同学·李丽华

李丽华是个传奇!

传奇在百度中的解释是指情节离奇或人物行为有着不寻常的故事。

她的离奇是因为读书厉害,虽然我认识的同学中不乏有读书厉害的,比如张国庆、陈忠新都能考九十分左右,但他俩一顿都需要五个馒头半碗苞谷饭,老师还经常开小灶,依据投资的角度,顶多算是收回成本。

李丽华这类才可以算是发大财。一般发大财都有些不寻常的情节。她时常生病,一年生病两三次,一次两三个月,其实她在教室待的时间很少,我们又在不同的班,我花了很长的时间才记住她的相貌。然后就是这个人物的不寻常,不寻常在于她依然每次考第一。

李丽华传奇起于 1995 年左右,我还在桥坪读小学,她在付家堰镇读小学,两地相距十五公里,但能经常听老师讲起,付家堰有个叫李丽华的好学生。

好的老师就和好的木匠一样，总在羡慕同行手里的好胚子，六年级时班主任是肖文清老师，他属于我有限学生生涯中无限好的一名教师。

此君两项优势：打人出色，教语文出色。

他在抽我们鞭子时总会骂：老子几时能教到李娜娜这样的好学生？

这时候的李丽华还叫李娜娜。

1996年升到付家堰中学，她本是高我们几届的，因为多病，沦落成了我的同学，这才发现肖老师经常提及的李丽华，其实还有一项重要的不寻常：漂亮！

李丽华的漂亮不在于庸俗的比例协调和大众审美中的器官美学，她的漂亮隐藏着一种力量。

学校领导为了突出和证明自己是领导，经常把全校学生集中起来训话，个别领导身高有限，于是在操场正前方修筑一个高大的混凝土主席台，宽两丈余，高约两米，这样一来他们能完整地俯视全校学生，就和罗马国王在帕特农神庙俯视自己的子民一样。无奈我们当时还没有学会世俗的圆滑，上面领导语音八十分贝，下面用二十分贝窃窃私语，我一直认为这是统治阶级和被统治阶级的矛盾，是无法调和的。

奇迹出现在某一次县保险公司征稿，李丽华成绩出色，领导训话完毕叫其上台领奖，她站在台上，微微一笑，我们终于同校领导希望的一样全体闭嘴了——台下鸦雀无声！

可惜是初中三年间，我们不曾有过一句对话，以至于后来把她归并为同学时十分忐忑，感觉刻意占了谁便宜一样不安。

初中毕业后我去拿毕业证，在教室外的走廊拐角迎面相遇，她居然说：你是张祖奎吧？

我当即感觉天旋地转扶着栏杆调整半晌，想这栏杆要是再矮点，我估计会掉下去摔死。

这是我俩初中同学三年中唯一的一句对话。

2003年我在石家庄打工，闻知一位同学在几十公里外的辛集市，前去探望，到辛集后见他的住处和我一样简陋，心中因为平衡十分高兴，顺口问了句：现在还和哪些同学和联系呀？

这位同学连接说了几个名字，最后补充到，对了，还有李丽华，前不久还在武汉见过面呢。

听到李丽华的名字，我心中刚建立的平衡被彻底摧毁，差不多哭着回到石家庄。

我认为李丽华身上有优秀者的所有特质：成绩拔尖的学生、让家长放心还长脸的女儿、衣着干净面貌漂亮的女生、让很多人向往的同桌、最有出息的同龄伙伴等等，平日又不曾太接近的距离感，让我认为她几乎是完美的。

这名同学既然和李丽华有交往，根据物以类聚的特性，他的智商、颜值、人品、身材、收入瞬间高了我几个档次。

虽然在初中三年时间里，李丽华是一位我不曾走近的同学，但我依然以和她是一届为荣，就像在很火的帖子里前几页留过言一样，有种特殊机缘的幸福。

李丽华也成为时间节点的一个标志，年龄相仿老乡见面，大家经常以李丽华的毕业时间来判定彼此间的大小，她形象的高大突出以及自身对这所学校的影响让整个事情变得快捷。

第一次有幸和李丽华超过十句话的交谈在她的大学校园，草长莺飞的时节，我离开学校后的第九年。

至此，我终于敢理自气壮地认为我俩是同学。

读书时老师经常描述她如何战胜病魔，提炼出某种精神来鼓励我们努力学习和克服生活困难，若干年后我有幸成为了她的朋友，回忆到这些话我开始反感，无论是多么轻松的讨论以及多么高尚的精神结局，都是她承载了非常多的痛苦后得来的。

我希望她只是一名普通的漂亮女同学。

同学·陈忠新

陈忠新来自付家堰乡下一个叫左泉洞的村庄。

付家堰乡在公路的尽头。没有体面的建筑，没有人会说普通话，一年到头就几台货车光临，从县城来的司机耀武扬威的表情说明这里是穷乡僻野。

左泉洞村离穷乡僻野的付家堰乡镇还有十几公里，据说能找到野人。所以这位兄弟除了聪明，身上匪气也很重，与生俱来的匪气从气质到骨骼，表里如一。

初一时我们在四班，全校最调皮的班级。男生寝室的刀叉棍戟比课桌里的笔墨纸砚要多，从床上翻身下地就能踩到几根钢管。然而考试时除了抓耳挠腮就是左顾右盼，二十几名同学共享两支钢笔，相互等待，考试都要结束了多数人的名字还没能写上去。

陈忠新在初二开始崭露头角，通过几次考试出色的成绩从后排调到了前几排。某段时间甚至当上了体育委员。

他找我的原因是我与班上最漂亮的女同学同桌。陈忠新交际水平出色,从低年级抢来几本小说送给我,然后还请我吃米饭。米饭当时是梦寐以求的食物,除了过春节能吃上几顿,平时很难吃到。其实陈忠新和我一样穷,没有什么零花钱,一顿米饭要花去不少,所以他的大方我一直记到现在。

我俩用大号饭盒从老师的食堂打来一斤左右的米饭,里面放上自己带的咸菜,一人操持一把可以遮住半张脸的勺子,十分专注地一铲子一铲子吃着平时梦想中的珍馐。

他本为女同桌而来,我因米饭而去,但几顿饭后我俩成了真正的朋友。成为朋友的表现很简单,两人开始一铲子一铲子吃着难以下咽的苞谷饭,陈忠新也忘记了我的女同桌。

由于班上的男生过于嚣张,引起了学校领导的注意。领导亲自带队冲进寝室,没收除了睡觉用的被子之外的所有东西。

一地的棍棒摆在面前时,让领导以为这个班想起义。很快就调来一位极其严肃的新班主任,此君姓左,性格凶悍,作风出色,任我们班主任的同时教物理。

左老师最可怕的武器是戴一副几近黑色的墨镜,穿一套几近黑色的西服,用上好的发胶把黑色头发整理得像我妈种的小麦一样整齐,从额头出发,笔直向上,越过头顶,蛰伏在一起。这种形式上的有序排列形成气场上强大的冲击力,像是把众多单管火箭炮排列整齐后就形成了无坚不摧的喀秋莎。

上课铃响后的一分钟左右,他如一辆虎式坦克开进教室,五千以上攻击力指数顿时秒杀众人,一言不发转了几圈后,大多数同学石化中。

然而他依然不说话,以每分钟五米的速度在教室的过道中匀速挪动,因为有墨镜,我们无法确认他看着谁,十五分钟后,刚才没有石化的同学完全石化,已经石化的开始风化,恨不得跪下说:老大,说句话可以么?这太吓人了。

四十五分钟后,全班同学已经丧失了听下课铃声的功能。

至此,左老师还是没有说过一句话。

我花这么长时间描述一位老师的原因是接下来的时间里,我和陈忠新居然成了左老师的得意门生。

初二下学期末,学校要分快慢班,以期末考试成绩进行区分,这和妈在家里收获洋芋时有异曲同工之处:个头适中圆润的做来年的种子;体量大的肯定自豪地堆放在堂屋中间,等有客人来时切洋芋片;稍小点堆放在偏屋的某个角落;又小又长得难看的,拿来喂猪;再小的只有粉碎后做淀粉的命了。

我对这个快慢班没有太多的兴趣,拿成绩单时,依旧与陈忠新游荡在校园某处,我无所谓学校把我当何等级的洋芋,他游荡的理由是自信能进快班。途中恰遇左老师,可能他前一天晚上打牌赢钱了,居然把我俩叫去寝室温和地劝导,大意是初三要分快慢班,这次考试很重要之类的。

当时一看成绩,还不错,我居然不是倒数第一。

正打算说谢谢然后闪人时,陈忠新大呼自己的成绩肯定不对,理由是物理肯定不是这个分数。

左老师看他一副心底有数的自信模样,叫冤的又是自己教的科目,马上让我们去查查试卷。他可能是想说"你",只是随口说了个"你们"。

最终的结果我和他均被少算二十分,左老板在看我们试卷时,雕塑般严肃的表情居然变得有些舒展,他很高兴自己教的科目,诸如我这类的学渣居然能解对最后一大题。

离开时左老师双手放在我们肩上很高兴地说:"你们呀,要努力。"——对于他的学生,这是莫大的荣幸。

而且这回左老师是清晰果断地说出了:你们!

这是我接受的九年义务教育中,听到严厉老师难得温情的一句话,这句话是因为陈忠新我才能听到。以我当时的成绩和天资,是没有任何一位老师会单独对我说出这句话的。

最终的结果很滑稽,陈兄依然沦落到慢班,因为进快班只看语数外科目的成绩。

他郁闷得差点自杀,我高兴得差点放炮仗,除了怀念那些长得漂亮的女同学外,我找不到任何不悦的地方。本来就不高,现在好,和一群矮子在一块,我怕什么?

更为高兴的是左老师继续教我们物理。

他以惯用的方式开进教室,环视下全班后说:张祖奎任物理科代表,他期末物理考试的成绩是八十五分。

然而,我十分伤心地听见陈忠新藐视地骂道:八十五分算个屁。

本以为这兄弟会为我在有限的学生生涯中能当个"官"而高兴的,可能是我忽略了陈忠新身上好战的匪气和唯我的霸气。

因为学校用挑洋芋的方式分快慢班伤害到了他,陈忠新变得放荡不羁,而且成绩在慢班突显得更加出色,经常和学习委员两人分配第一名和第二名,我们的友谊被安放在他情感大厦的地下室,偶尔太阳好,才拿出来晒晒。

1999年初中毕业后我俩都辍学回家种地。左泉洞村离清泉村隔了几重山,我俩没了联系。因为我不再上学,家中的境遇开始变好,首先是天天能吃到米饭,每次端起饭碗,我就想起陈忠

128 | 清泉村·宜昌城

新。他行事大方但性格刚烈且喜怒皆形于色，形体语言和面部表情丰富，但主要用来鄙视和嘲讽别人，错综复杂的社会中陈忠新会被安放在何处？真诚地希望他会过得不错！

2009年另一位同学在付家堰街上遇到他。同学向我描述陈忠新已经是一口天津话，乡音已改鬓毛衰，十几年彼此无任何消息，能发生的事情太多，也许我的祝福，他就没有收到过。

同学·邓俊霞

从桥坪小学升到付家堰镇上初中后,我需要认识新的同学,他们来至大龙坪或是付家堰小学。我胆子很小,也还没有学到与陌生人熟识的方法,安安静静得坐在课桌上。

这时邓俊霞带着一群女生严肃有气势地走来,挨个打听刚分到一个班的陌生同学的名字。她穿着桔红色的马甲和黑色的裤子,马甲后面有一个黑色蝴蝶结,流海齐眉。邓俊霞个子虽然很小,但很有胆魄地走在一群人的最前面,马尾刷随着她的迈步很有节律地摆动,光洁的额头让眼睛显得很大,极为干练的形象让新同学以为这是班主任老师。

严格意义上说她们不是在打听。邓俊霞笔直地走过来盯着我的眼睛问:你叫什么名字?我吓得差点扒窗户跳了出去,紧张后说话开始结巴,估计花了几分钟才说清楚我姓什么叫什么。

她们摧城拔寨般问了几十人,我缓过神来想,一下问这么多,你记得住?

老师进教室点名时邓俊霞才回到自己的座位上。她比我稍靠前,落座时邓俊霞又回头看了我一眼,我猜她肯定在想,这小子叫什么来着。

后来她并没有叫错我的名字。

初一很平淡。

初二有次班级活动,老师拿着一叠名单让同学随机抽取,被抽中的人需要上台讲述自己对某篇课文的感想。当时我性格内向说话结巴,低着头祈祷千万别抽到自己,临近结束时邓俊霞还是抽到了我,她也许了解我的窘迫,愣了一下,才轻声念出我的名字。短暂的停顿间积攒出明显的惭愧和内疚。我满脸通红慢慢站起来目光不得已抬高,看到邓俊霞坐在我对面,山区干净的阳光徜徉在她脸上,这名个子不高的女生身形也很瘦弱,相比周围的同学就像一簸箕豆芽菜最边缘的那一棵。但此时她没有任何顾忌和隐藏,完全收回了刚才的内疚,开始把鼓励的目光和最好的笑容投向我,她甚至歪了一下头,马尾刷从一侧肩膀露出来,在我紧张拘谨的视线中舒缓地跃动,慢慢扫去我的胆怯。

从那天开始,我无限扩大邓俊霞给我鼓励的边界,这粒种子从灌木丛中发芽,长成了遮住灌木阳光的大树。更像治病时过量的用药让病情走向另一个极端,我从自卑内向变得调皮和惹人嫌。

初三时邓俊霞分到了快班,在我们教室隔壁。走廊上经常看到她如当初问我名字般径直走来,这名同班两年依然瘦弱的女生不太稳定的步伐里,却给我如同倚靠在石挡墙上那种坚实的信任。我知道无论怎样调皮,邓俊霞都不会去报告老师来惩罚我。

我和另几位同学像体育老师教整步时喊着节拍:一二一,一二一,她越走越别扭,直至最后根本不知道要迈那条腿,在一片笑声不自然地跑进教室。

2002年时我开始记录自己人生中很有限的几位同学。我还没有见过电脑,更不会打字,我买来几本信笺纸,伏在五峰茶机厂宿舍的一张茶几上,像母亲虔诚地把种子放进垄沟里一样用笔尖把文字排列在信笺纸的两行之间。母亲知道这粒种子在秋天会长成怎样的庄稼,我也相信文字和人体的细胞一样,把她有序地组合在一块时就会形成生命,呈现某种自有的性格,这种性格是组织她们时的心境决定的。

厚厚的信笺纸的第一页就是邓俊霞的名字,字里行间的平淡中潜伏着忧伤,这种忧伤就像水墨渗沁进宣纸时形成了细微的斑斓,用手抚过才能感受到。邓俊霞是名好学生,勤奋努力,性格温和还乐于帮助别人。她完全可以通过读书来改变自己命运的,可惜贫穷是一堵更高的山,这名十分优秀的学生和我们差生一样,初中毕业随即辍学。在某位亲戚或是乡邻的带领下踏上出外谋生的路,在还是孩子的年龄在离家几百或是几千公里的陌生城市努力挣钱。一名初中生能胜任的工作酬劳都不可能太高,我们一分一厘的积攒,凑成一个整数邮寄给父母,补贴家里的开支。

初中毕业后的好多年我和邓俊霞没有见过面,彼此也没有联系方式。

2006年我安顿在宜昌,终于和这位同学重逢。因为我在创业,只能很拮据地在一家简陋的餐厅请她吃饭,她平静讲述自己的过往时,偶尔会在句子的开头说下我的名字,与在初二抽中我发言时不同,邓俊霞的语调恬静,没有了当初的惭愧和内疚。

餐桌的距离比一间教室小很多,我不用抬头就能看到她,我很感谢自己的记忆留住了曾经珍贵的几帧画面,初二那堂课以及邓俊霞同学对我展露的笑容，让我对她的信任和感激不会因为长时间不见面而变得淡薄。

现在每到陌生的城市，即便街边立着路牌，我依然喜欢询问路人该如何走。是的，我们总要走过许多的路，有些路的终点就是下一条路的起点。过去的终点和新的起点处如果有人帮助或是指引，你就始终能走往正确的方向，他们有些是素昧平生的陌生人，还有些是值得记住一生的朋友。

同学·向昌碧

对桥坪小学,我一直有很深的愧疚,因为中考成绩出来后,我连五峰二中都不能上。

我开始自责。

首先当然是对母亲在艰难的家境中,依然供到我初中毕业的愧疚,但这种自责在回家务农的一年光阴里,在屡次和她的对抗中遗失。17岁正值叛逆期,母亲又想尽快把她毕生的经验传授于我,让我成为和她一样优秀的农民。这种想法在太阳还在板壁岩另一面时尤为强烈,凌晨到清晨,我家老屋后头的田还没有太阳光临,不适合播种收割施肥等一切劳作。

母亲会在5点半左右敲响我的房门,最初她和大多数慈祥的母亲一样呼唤我的小名:"二林二林,快起来,趁太阳没来,我俩去把黄豆叶子扯回来晒糠。"

黄豆间种在玉米地里,能扯黄豆的季节,有着两排小刺形如长剑的玉米叶风华正茂,从中穿行时裸露的手背、脖子包括脸会被拉出一排排血痕。风干成尘的玉米花粉会不遗余力地占据这些伤口，让刺痛无处不在，所以扯黄豆叶是用不上劲但十分难受的农活儿。

最初我睁着眼睛盯着天花板，母亲听不到回应就独自下田去了。

黄豆叶子还没有扯完，我就耗尽了她的耐心和善良，母亲先是换了敲门的方式，上来就是几脚，如果还没有反应，就开始在言语上嘲讽。她从数落开始，然后就会提到向昌碧。母亲把正在五峰一中读书的向昌碧的未来描述得宏伟壮阔，会当比乡长、县长更大的官，娶一个比电视剧中某某女演员更漂亮贤惠的老婆，然后对比我这样懒散无用的人，就是烧蛇吃，都要睡地上等蛇自己爬进嘴里。这个略带惊悚的比喻像一枚炮弹轰平了我不及1厘米高的自尊，我光着膀子冲出门扯完半亩地的黄豆叶，太阳还没照到屋后的木梓树。

母亲能准确地拿捏这些事的叙述顺序，是因为我在桥坪小学时成绩很好，影响我能否得第一的只有向昌碧，每次考试后铅印的成绩单我俩名字都挨着，要么他第一，要么我第一。

关键我俩还是好朋友。

向昌碧个子很小，笑容就像是长在他脸上一样。他常穿一件军绿色的外套，反复的浆洗让衣服呈灰绿色，衣领角带一点儿弧度，边缘略微上翘。衣服虽旧，但这人很爱整洁，一排黑色的扣子从领口排列向下，像严苛的体育老师让学生列队，整齐划一。

在桥坪小学寄读，每星期回家一次，12岁左右的孩子体力有限，大一点儿的竹背篓都会落到屁股上，影响走路，所以带不来太多的咸菜。和昌碧成为朋友不是因为我俩成绩好，而是因为我们家里都穷，他家住着3间泥土夯成的青瓦房，他的父亲靠脚力维系他们兄弟俩上学的开支,带到学校的咸菜中油水也和我的差不太多。

在学校6天寄读全凭自己安排伙食,装着咸菜的罐子埋在乱七八糟的衣服中间,不知深浅,几勺子下去掏到瓶底了发现才到星期三,余下的3天就只能吃光饭续命。

这时昌碧在所有同龄人中,已经展露了出色的计划性和自律,他每次掏咸菜都把瓶子举起,在窗户的亮光里确定好余量,节制有序地安排到星期六最后一顿。所以和他吃饭最大的好处是不会吃光饭。而且彼此间极其放心,把饭盒放在校门口的一块石头上,即使饥饿难耐,不停地嘬着勺子,还是静心等埋在饭中间浸透猪油的咸菜慢慢化开,才开始一勺子一勺子往嘴巴里铲。我俩吃得随意,从不计较是谁挖的第一勺子,谁享有了最后的一口,虽然最后一口很重要,因为这时粘在搪瓷碗壁上的玉米饭粒已被化开的猪油浸泡透,不像其他的饭粒很枯散。弧形碗底周围附着亮晶晶的一圈猪油,老到的我们会把饭碗翻过来,绕着勺子转圈,让美味的佳肴一粒不漏地转移到勺子上,这勺子放在嘴里,意味着一顿饭的收场。

念初中要去30千米外的傅家堰中学。开学第一天,我在高岩处遇到这位老同学,他依然穿着军绿色外套。这件衣服已经呈全灰色,因为背着行李走了很远的路,他敞开了那排扣子,露出极不合身的白衬衫和裤子(为了让新衣服多穿几年,父母在做我们衣服时习惯放大几号),委以重任的皮带深藏在衣服的皱褶里。我们都期待能分在一个班,继续在一个碗里吃饭。

遗憾的是,最终我们都不在一层楼,初中3年,向昌碧依然朴素无华,一直努力读书。他始终很平和,这种长久的平和及付出让他有了高远的人生。

2014年的某天我在电话中告诉母亲,向昌碧已经当领导了,可能比乡长要大。

母亲是一位记忆很好的老人,她落寞地说你俩曾经在一个碗里吃饭的,看看别人,再看看你自己。

电话结束时母亲关心地问昌碧在哪里上班,我说很远很远,在新疆,距宜昌4000多千米路。

2007年,我的这位同学以选调生第一名的成绩考入宜昌公务员序列,在街道办短暂履职后调到西陵区委组织部,随后去往北疆挂职。

我们重逢是在他的婚礼上,向昌碧剪了一个板寸,拉着新娘向我们介绍。这是我第一次见他穿一身新衣服,给人感觉极为帅气,贴身的白衬衫向我们证明他已经熨平了一路来的窘迫和拘谨。

向昌碧是真正的寒门出身,他父亲友善但很木讷,仅靠脚力在悬崖峭立的五西高原培养出两名大学生。我能想象出这个家庭在行进中曾遇到的诸多坎坷。

只是有人在坎坷中沉沦,有人在坎坷中涅槃。

同学·张小峰

在叫张小峰时，我习惯性把姓去掉只叫名，虽然我们班上有8个叫小峰的男同学。

他读书水平不高，但人缘特好，而且长得高大帅气，初中三年大部分时间坐在教室后面几排。

我们初一认识时正好是生长发育的年龄，但离真正的青春期还有点距离，打量女生的目光仅含少许的荷尔蒙。

证明我们不是在青春期的主要原因，是当时我们发现好看的女同学后，没有独自占为己有的想法，而且很大方地告诉对方：我今天发现某个女同学很漂亮！

这种事情就像夏天时的电风扇，自己也需要，但大多时会因为礼貌让朋友拿去先吹吹。

我和小峰属于这类可以借电风扇的朋友。

他家境殷实，属于能完全吃饱甚至可以到撑的一类，相貌又很英俊，理所当然的当着体育委员。

体育委员最有魅力是早上跑操，需要给我们列队，这是个体面的职务,全班同学分成四个列队,男女生各两队,他就挨着自己中意的某个电风扇跑早操。

张小峰体能好,精力充沛,喜欢操练武艺。说武术可能有点有牵强,因为他一切操练的目的,只是为了尽可能快的把别人撂倒。当时我们知识匮乏,对李小龙、叶问等前辈知之甚少,还在无知的崇拜岳不群和东方不败这些败类。

那时候最需要武艺的不是体育课,而是排队打饭。饥饿让我们的肉体发挥到最大的潜能,大家都豁出命似的朝前面挤。当然,干这种事情女生无论如何都不会参与,这个场面宏大充满着力量,可怜的队伍不停地左右摆动,摆动的节点都由张小峰这类有实力的大人物把控。

因为挤到前面相当不易,所以经常出这种情况:一猛男双手紧箍偌大的用来盛饭的木桶边缘,大汗淋漓,冲厨房大师傅嚷嚷:给我打19斤饭。

然后你会看到一个体重在40公斤的男生举着19斤饭自豪地穿过长长的操场,操场对面有5~10位同学在寝室门口神色凝重流着口水盯着这位兄弟肩膀上的器具。

张小峰本来很少做这种事情,主要原因是他吃米饭,学校有专门的教师食堂,就和飞机有头等舱一样,消费高但人少,张小峰经常端着饭盒从容体面地从里头踱步进出。

坐头等舱的小峰只是偶尔同情才帮助大家一把,但这期间必须有一段经典的对话。

大汗淋漓无比沮丧返回寝室的兄弟对大家说今天人太多,没有挤进去,我们估计要饿一顿。

这时寝室大多数人会期待地注视张小峰。

第一次哀求：小峰，帮个忙，饿——

他会用拧铁的劲回答：不搞，难得挤！

第二次训斥：东方不败，帮我们打点饭，食堂险恶，都是你这类的高手，你想让别人看不起你么？

一个身影飞快地消失在门口。

这样一来喜欢他的人较多，这中间除了男生还有女生。

初三时已经有同学给女生写情书了，我有目标但没有胆子，小峰是有胆子没有目标，两人经常在走廊上练习立定跳远。

有天隔壁班有位女同学款款走来，递给我一封信，转身后又回过头说：我的朋友给你的。然后小跑离去。

我像刚学会飞的鹰隼看到才出蛋壳的小鸡，展开翅膀盘旋一周准备俯冲。信封转过来上面写4个字：转张小峰。

这样一来，他谈恋爱了，对于这样的人生大事，小峰表现平静，依然在走廊上舒展手臂，依然天天练习立定跳远。

初三时经常被体育老师放养，列队后小峰带着全班穿过学校大门左转，沿着没有什么车的马路跑步十来分钟，到一处布满狗尾巴草的林地自由活动，小峰就拿出电风扇写给他的信和我分享，其实这个时候叫空调也不为过。我十分极其羡慕，自己没有成的事情，好歹有位兄弟办利索了。

大部分的回信都是我自告奋勇地代笔，毕竟考试我比他多几分，代笔情书最大的好处是当事人不好意思说出口的话，代笔者可以揣摩表情推敲言外之意落笔，所以这段感情在我精心维护下，直到毕业。

其实小峰偶尔也有说大家还小，人生还长，希望对方以前途为重，各自好好读书的话。

只是我已经不记得帮他写上去没有。

初中毕业后，我们都辍学出门觅活。小峰历经辉煌，我每月才挣 120 块的时候，他已经有 4000 多的收入。这名帅气的初中生在福州从事着大都以为只有大学生才有能力做的工作，操作一台 CNC 精密机床。

付家堰处在已发育成熟的武陵山区，有位好同学的意义远远超过有一个好家境，他能带来走向大山之外的出路。我的每位同学对我都有极大的影响，他们大多数直接帮助过我，有些是在特定时段影响了我。在回忆往事的时候，同学是最明显最壮硕的根系，他们渗进了每件我值得记住的事情。

这中间张小峰对我影响极大。在五峰城关苦涩的 3 年，我每天要洗几案板盘子和碗，梦想被洗碗水不停地冲刷，几乎没有了痕迹。我不知道自己出路在何方，偶尔抬头仰望时，小峰是最大最亮的那盏灯。

毕竟我当初做不到的课程，他也做不到，为什么小峰现在做的事情听起来就像清晨天边的朝霞一般辉煌。2002 年因为这个信念和他的鼓励，我完成的人生中第一次升华，自学会了 CAD 和 3DMAX。

遗憾的是这期间他好像播放器被按了快进按钮，用很短的时间完成了一些跌宕起伏的镜头。

首先是他的父亲重病。

在五峰城关一个露天台球桌旁，小峰拿着球杆撑着地面，顶着铅灰色的天空讲述他父亲的情况，他用了一个托举的动作说父亲只有 60 来斤了，自己非常不想离开，但又需要出门挣医药费。

后来从他邻居口中得知，小峰出门的当晚，抱着重病的父亲睡了一夜，凌晨五点在父亲熟睡中哭着离开。

几个月小峰父亲溘然长辞，小峰 19 岁。5 年后，小峰哥哥病重，离世时小峰 24 岁。

这些痛苦的经历让张小峰更迅速地成长，他是我同学中结婚生小孩子最早的。

2008 年我在宜昌送他去福建。我还未结婚，但小峰已经是一家四口的家长，此时正牵着两个儿子的手走向火车，临别时他老成地讲了许多多年以后我才领悟到的话。

作为同学，作为儿子，作为男人，作为父亲，小峰优秀得比我早好多年。

同学·罗莉

　　五年级暑假在幺姨家玩，她家火塘屋的四面板壁墙用报纸刚刚新糊了一遍。夏日的早上，斑斓的阳光从瓦房的漏缝间一路缤纷而来，洒在印满铅字的报纸上。我偏着小脑袋高声朗读报纸上的文字，当念到"明眸皓齿清纯"这几个字时，感觉到自己的声音在心中某处印记的周围萦绕了一圈，才传到耳朵我盯着这个句子，重循刚刚的路径捕捉到这个印记，我确定，这几个字是因为罗莉才会认识，我甚至认为这个句子就是为了形容罗莉这种女孩才存在。

　　我五年级开始寄读，到桥坪小学得经过鸭儿坪村，走在路上能经常碰见罗莉的爸爸。他是鸭儿坪村的电工，因此他家是农村里少有不用干农活还家境丰厚的。她爸爸穿着合身的西服和皮鞋，拎着一只皮包，大声问我是不是莉莉的同学。我不敢看他，涨红着脸点点头，低眉顺眼地回答是的。

　　罗莉最初的漂亮与她爸爸的富有有关，我们还在把5分钱当成莫大财富时，她每个星期就可以花5块钱。当时贫乏的审美和物质上的清荒一样，都很可怜，我们浅薄地从着装上做出推断，女生的衣服干净哪怕有补丁，算一般漂亮；衣服合身得体，有粉色、紫色或是其他明显性别特征的衣物，算相当漂亮；罗莉这种天天有不同的新衣服穿还喜欢笑的女生，属于仙女级别。

所以我在 11 岁时认为罗莉是我见过的最漂亮的女孩，那时候漂亮是心中一个青涩的柿子，高高地挂在枝头。

她束头发的橡皮筋上带有 3 个颜色鲜艳的塑料小球，被她乌黑的头发反衬后显得格外光彩醒目。那时我并不明白颜色对于视网膜的影响力，更不懂色阶，但相对我们平时玩的土灰色的泥巴和石子儿，只感觉这种罕见纯正的亮丽颜色散发出的甜美、芳香感让我们身心产生最为彻底的愉悦。它牵引着全班同学的目光。这是我们对美最原始的认知，对这种因颜色和所处位置形成的美我们也绝对崇尚。在以后很长一段时间里，我们经常这样形容自己所看到的美好：比起罗莉扎头发的橡皮筋，这个还是差远了。

心中的柿子微微发红，是我们已经在傅家堰中学读初中，恰有幸和这位漂亮的女孩子同桌。

不太宽敞的教室有 8 排座位，被分成了 4 组，每两位同学相邻，我俩的座位靠墙，左边是一扇大大的窗户。

初一我们 14 岁，即将推开一扇无比期待且神奇的门，对门里的世界知道了一点点，但不知道的更多。这不像数学考卷上的判断题只有对和错，知道与否间有模糊朦胧的过渡，就像柿子在某些时节是青红并存的，而且青色和红色间也无明显的界线。

1997 年的许多黄昏，我趴在课桌上盯着温度渐淡、颜色渐显的暮日，等待罗莉进入教室。那时大多数同学严格遵守男女授受不亲的规则，唯罗莉，她喜欢一只手按着我的课桌，另一只手按住我的肩膀调皮地跳到自己座位上。被她按住肩膀时,我像是被定住了,不敢动,一是怕她摔倒,二是我在捕捉她的指甲散发出的丰润光泽和新鞋在视线中划过的优雅弧线。

初三时我们分在了不同的班,罗莉在此时开始显露出她的天赋,成为全校最好的文艺委员,学校有大型的活动时她完全不让老师操心,自己带领同学编排的舞蹈能轻易拿到奖。

罗莉的班主任李家槐老师特别会讲故事,他也教我们化学。因为我们是慢班,课堂上李老师感觉讲化学方程式属实在对牛弹琴时,就会提到罗莉,师生双方瞬间都有了兴趣。他说罗莉有极高的文艺天赋,然后伸出5根手指开始列举,某次班会某次学校晚会罗莉创作的节目得了奖,很快5根手指就不够用了,他索性放下书伸出另一只手来。彼时的我们还不知道格莱美奖、金鸡奖,以为艺术的最高表现者就是罗莉。

这年的元旦前,我和另外几位同学在教学楼通往天台的梯道打牌,发现天台的门居然没有锁,推开这扇门后,我们看见罗莉带着她们班的同学在彩排。她站在队伍最前方,我们像早上盯着经济食堂冒着大汽的笼屉里的包子一样盯着这群女生。她们其实都没有任何的舞蹈基础,姿态生涩动作机械,而且因为边上围着几个吊儿郎当的男生而显得更为窘迫,但罗莉除外,她叉起腰努起嘴略带怒气地望向嬉皮笑脸的我们。

傅家堰中学建在半山处两峰间的坳口,海拔往下800米是泗洋河,这条河犁开的山谷在这个高度时对峙的山体变得开阔,相距10余千米。对面的仙人崖是傅家堰乡最高的山峦,这座陡直的山上有百余米落差的瀑布和几十丈高壮观的悬崖,从5层楼的教学楼天台平望去,仙人崖就是一幅巨大的背景,高山流水满天云霞，阳光携带着清风和大山的力量包裹在罗莉身上形成帛玉般柔美的光晕。她额头前的刘海飘动时扬起一片金色的潋滟，罗莉回头看向自己的同学把侧脸留给我们时，阳光画出了她精致的脸部线条，就像老师给我们画的重点一样，在整篇课文里显得尤为醒目，晔晔照人。

　　光线在她身上停留很久后才把大山瀑布以及罗莉本人带着嗔怒的目光投映到我的视网膜上。我惊呆了，这是在 1999 年，我和罗莉成为同学的第 5 年。这 5 年里，我从 1.4 米蹿到了 1.7 米，从不敢和陌生人说话到敢对着女生吹口哨，我对异性美的认知从几件新衣服及少见的头绳升华到了五官上和气质上。此刻的罗莉虽然没有露出在桥坪小学时小女孩特有的可爱的笑容，而且穿着松阔平常的校服，但无论我的审美如何变化，她仿佛也随应了我的变化。罗莉从一位明眸皓齿的小姑娘蜕变成了一位粲然生光的女同学。

　　罗莉的目光和她在灿烂夕阳下修长的影子一样笼罩着我。最开始我有些无措，尽量不看她，不过她仿佛有种磁力，我在其他地方游离一会儿后又回到了罗莉的身上。几次三番，慢慢地，我感觉自己在缓缓沉入湖底，虽然很渴，但不敢张开嘴，因为头顶离水面很远，向上望，湖面波光粼粼，太阳像是熟透后通红的柿子一样挂在天边，那种入木三分的红能透过通亮的果皮看到里面包着的甜蜜的瓤。

　　在此之前以及之后，我都没感觉到罗莉有当时那么地漂亮。在此之前以及之后，我也没有发现有比罗莉更漂亮的女生。

同学·李艳琴

李艳琴是最好抄作业的同学，不仅是因为她从不遮拦，更重要的是她的答案都对。

最开始抄她作业大家还是有所顾忌的，先看看她的脸色，李艳琴笑容可掬。我查了下笑容可掬这个词的出处，是在三国演义诸葛亮使用空城计时，用笑容可掬吓退了司马懿。

我们读书不多，不知道其间的深意。看到这么友善的表情，拎着笔和本子就上去，慢慢抄她作业的人越来越多。后来大家都感觉这人真够意思，初二时做了世俗的报答，选李艳琴当了学习委员。

差生选她是抄作业欠了很多人情，优生选她是因为李艳琴比他们更优秀。

在这之前学习委员是张国庆，经常凶神恶煞像要债一般催我们交作业，全班五十多人，能收到一半作业就不错了。刚刚从学校毕业的女英语老师一星期被气哭好几回。但从李艳琴当学习委员后氛围瞬间改变，整个班级都温暖很多，她经常笑容可掬地抱着一叠作业本，站在我们桌子前轻声问：全班就差你了，还要多久呀？

司马懿不敢进城，是因为诸葛亮平静的琴声和流畅中隐藏着无法估算的力量，我们不敢违抗李艳琴是她笑容中隐藏有平和和尊重差生的力量，哪怕是答案能把老师的肺气炸，但在数量和时间上，我们没让这名学习委员太为难。

所以初中三年中，我成绩最好的时候就是李艳琴当学习委员这段时间。

这名同学除了笑容特殊，走路的姿势也很高级。她左手握拳像走正步时一样压住上衣的下摆，右手小范围律动，有笃定前行的气场。

从容驾驭这个高难度的动作接近解几何试卷最后的大题，很明显，这两项事情，李艳琴都在行。

初三时我分到了慢班，李艳琴理所当然在快班。不过我们教室相邻，这个时候我主要任务就是玩了，教室里最好玩的位置在后排，这是亘古不变的定律。

下课铃响后喜欢从前门出来都是成绩不错的学生。像我这类从后门冲出去的肯定是五门功课考试的总分不如别人一门多的差生。每间教室最容易坏的也是后门，因为差生读书不行但气力都大，速度也快。教室的后门半学期得修好几回。

很不巧，我每回冲出去都能看到李艳琴从她教室前门出来，用带有某种力量的姿势笃定前行，这时不仅仅是我，还有几名曾经在一起同过班的同学，大家都像开着一台破面包车在丁字路口冲出来准备右转，忽然直行来了一辆奔驰，无论规则还是气势上，都会一脚急刹甚至还倒一把给奔驰留够空间，且目视她前行。

李艳琴走远后，我们才敢蜂涌出去。

初中之后的李艳琴继续用她特有走路姿态笃定前行，考上县重点高中，接着读了不起的大学，后来又考上重要岗位的公务员。

2010年后大家都有了更便捷的联系方式，偶尔路过她所在城市，都能受到热情的接待。她称呼我们时会去掉姓，只叫名字后两个字，亲切中埋伏着威严，像催交作业时笑容可掬询问时一样敦促大家要多吃菜。

作为李艳琴高远人生中合格的观众，她像极了行进中的奔驰，为心中之所向驰之以恒。

同学·张飞

泗洋河流经龙潭拐时有个迂回，水流形成了一个长长的深潭，河水没有了湍流，清亮见底，平静地打着旋折身进入下一个滩，再向前汇入清江河。

桥坪学校就在河畔，我们6个村的学生在这里寄读五、六年级，读书的喧闹声中透着难以名状的酸楚，我们都在十二到十四周岁，把自己管理得一塌糊涂。

我在五（一）班，教室在大操场左边瓦房最临河的位置，班主任是位姓姚的民办教师，不会说普通话，我刚刚纠正他一个错别字被扇了一耳光，站在教室门口流着泪思念母亲。不一会儿又听到清脆的响声，一个小个子男同学一脸不在乎地走出来，他的坚强让我敬佩，这人挑着眉毛跟我讲，应该是霍（huò）元甲，姚老师读成（xū）。

这人就是张飞，名字中透着的英猛和瘦小的本人相差很大，我们在12岁时认识。

挨打后老师可能也查了字典，第二天把我任命为班长，张飞是学习委员。

我们读六年级时，桥坪小学教学楼终于完工，我俩在第二层第一间，张飞和我同桌，两个小个子坐第一排，我还是班长他还是学习委员。他课桌里放着很多武侠小说，晚自习跟我分析各种武功绝学，张飞左手握着书，右手比画动作，偶尔用笔当作剑，金老先生的书他已经读了近一半，几百年的描述和近千套武功在半学期的晚自习里，他都生动地表述出来。

张飞读的武侠小说远远多于教科书，但成绩依然出色。

有天晚自习，张飞伸过小脑袋对我讲：你看我们一起挨过打，一起又当了官，不如约上覃冰来，3个人刚好结拜为兄弟。这个星期他正看《天龙八部》，后来我们在一个极其简单朴素的仪式中结为兄弟，表示从此以后3个人有福同享、有难同当。

一年后我们去了付家堰中学寄读初中，分在不同的班级，偶尔见面，直到初三毕业。

比较意外，张飞没有继续读书。后来在五峰城关见面，他在乡信用社开车，穿着体面驾驶一台老款马自达。

比较苦恼的是，这兄弟依然没有长个子，他把《碧血剑》摊在方向盘上，右手和读书时一样比着动作，嘴里发出各种兵器划破空气的声音，我这时候从厨师转行在学计算机，没有收入，坐在副驾翻找烟灰盒中的烟屁股抽。张飞把夹克口袋中的硬壳中华鲟扔过来，我还回去的时候他会做一个手心由上向下的动作，我知道这是郭靖或是萧峰又要使降龙十八掌了。

但此刻，表示这盒烟归我。

2002年我终于等来机会从五峰出来见世面，终点站是石家庄。需要坐巴士来宜昌然后转乘火车，在此之前我离家最远到过五峰县的长乐坪镇。

好在张飞在宜昌已经工作一年，确定出发时间后，姐姐和张飞反复电话沟通，估算我到宜时间，他们都担心我走丢。张飞甚至在电话中描述了宜昌长途站的大概结构，告诫我一定不要和陌生人交谈，下车后从那个门出来，他会在门口等我。

最终我还是蒙了，我不曾见过这么多的车和这么多漠然的目光。因为找不到出站口，和张飞约定的时间过了半小时我才筋疲力尽走出车站，小心翼翼站在东山大道边，看到更多的车和楼，感觉自己站在一堵非常高的悬崖下面。

在我差点虚脱前张飞瘦小的身影像灯塔一样出现在马路对面，他仿佛用了乾坤大挪移，把所有人的气场都转换到了自己身上。

张飞住在胜利四路江边一家餐馆的阁楼里，他在这家店负责电器维修。阁楼很大，除了床就摊摆着各种电路板和电容，金庸的书已少见，取代是的各种包装纸盒和说明书。他用脚踢出一块空地放我的行李，阁楼不高灯泡又特别亮，光影的效果让这些器物更加立体和突出，张飞讲他现在主攻修电视机，而且颇有成效，以后电视机可能会普及，前途应该宽广。

长江上过往的轮船发出低沉厚实的汽笛声，我俩大声描述自己的现状和将来，张飞苦心学习维修的是老式显像管电视，在次年被LED电视淘汰。我用无数个通宵学会了CADR14英文版，甚至包括三维绘图功能，2002年五峰以外已在使用CAD2000中文版，效果图直接使用3DMAX，我天真地以为能画图，会有一份能挣钱的工作等着我。

我们都不知道，自己卑微得像附在阁楼墙上的尘土，半公里远的汽笛声震动都可以让它们从墙上跌落下来。

火车在下午出发，张飞在国贸大厦教会了我坐电梯。

这期间最重要的事情是他有了一部摩托罗拉 V998 翻盖手机。我在过安检时回望站在检票口的张飞，他斜倚着栏杆上显得更为清秀单薄。张飞举起握着手机的右手向我挥动。宜昌火车站登车要通过天桥越过几股轨道，在天桥上行时我又看到了张飞在人群中向我做了一个平安的动作，多年前他用这个手势比拟令狐冲在使用独孤九剑。

再相见是 2005 年，我在宜昌找工作。张飞的电视机修不下去了，在绿萝路一家二次供水的公司上班，开着一台微型货车穿梭在宜昌各大楼盘。

我们约在万寿桥覃冰来修车的位置吃晚饭，他们两个吹牛喝酒很牛，三人分了一瓶，才喝一半两人开始哇哇乱吐，张飞开始呐呐自语，我用了半夜才听明白他谈了女朋友，是真正意义上的女朋友，弄不好都拉过手了。

没有找到工作的第一个星期我没有住的地方，时常晚上给张飞打电话让他来接我，他很富有，在伍家岗区西陵区甚至江南朱市街都有温暖的房间和床。

虽然我们又都到了一个城市，并没有之前假设的那么频繁见面，但我知道张飞就在不远的地方，也许曾经擦身而过。

遗憾是我已经没有了能从人群中一眼认出朋友的本领，就像第一次来宜昌飞快认出马路对面的张飞那样。

同学·张国庆

刚拿驾照时，我用一台手动挡车练车技。

我技术很差，经常在速度不到 10 迈时强换 3 挡，在 40 迈时又换到一挡，发动机传来一种想哭的声响，这台车的主人——国庆兄弟，在副驾驶上安慰道："很对，就这样，你开得很好了。"

这台车是他的心爱之物，他的另一个心爱之物是他的老婆，正坐在后排听我们讲很久前的故事。

这条马路从渔洋关镇起，转经许多弯路跨越 600 多米海拔向上到仁和坪镇，如果我从上面冲下来，想必是十分恐怖的事情。

在中途我自己都吓得不想开了，国庆依然在边上鼓励："快点，多加点油，搞快点，已经 12 点了。"

国庆是我最好的朋友之一。

1996 年我国钢产量突破一亿吨，产量达到世界第一。

1996 年张国庆小升初考了全乡第一，差不多满分。

别人在研究钢材结构时，我在研究张国庆。他不曾听到过我的名字，但我已经对他的性格、爱好、血型、身高都有所了解。

那时候我们乡共有3所小学,张国庆就读于其中最为著名的傅家堰小学。

初一时我们刚好分在一个班,老师错认为我也是可以雕琢的,便把我们归为了一类。成为朋友的过程不便于描述,毕竟他已经结婚,避免被老婆听了又揍他一顿。

初一还没有结束,我迅速从曾经的优等生变成了实实在在的普通生,国庆并没有嫌弃我,我们相处得依然极其愉快,只偶尔有少许不幸,但并不妨碍生长发育。我的不幸来自差学校的学费,他的不幸来自下象棋始终不是我的对手,而他又偏偏十分喜欢下,屡战屡败。

这期间我一直没放弃研究他能考第一的事情,因为这太风光了。要知道,在傅家堰乡这个地方,即使中国男足已经获得大力神杯,也需要半个月以后才能陆续听到鞭炮声,我甚至想过他在某一天会因为考了第一而娶个很漂亮的媳妇。

经过一年时间的反复论证,我不得不认同,论智商,他是完全碾压我的,但下象棋除外。

初一、初二时张国庆兼任几个科目的课代表,我经常守在他课桌边上抄作业。他性格很好,遇到我抄都抄不会的,直接拿过本子帮我做。他字迹工整漂亮,握笔的姿势都异于他人,和写毛笔时一样笔杆垂直于桌面,笔梢晃动幅度很小,我们的笔一般先坏的是笔尖,他先坏的是笔腰——被捏碎了。同学3年,我最大的愿望是想送他一支不锈钢做的钢笔。

初三时,我们分到了不同的班,其中物理、化学、英语是同一位老师,偶尔会让我们班的学生搬着小凳子去他们教室合在一起上课。这时候我的性格已经有了痞气,不按队列顺序,自己径

清泉村·宜昌城 | 155

直找到张国庆的位置，坐在其旁边。

他家附近有一种特殊的石头，通体黝黑，质地细腻，打磨成方形坯体，可以自己雕刻印章。这是大多数小伙伴的心爱之物，老师讲课时我把手伸他课桌里搜寻，找到后直接放进口袋下课带走。我拿走了很多，后来都开铺子卖钱了国庆也没有找我要过。

中考国庆成绩依然优秀，在县城读重点高中，我连二中都没有考上，只能回家种田。

某日收到此君一封信，字迹依然，安慰我不要自暴自弃，希望依然存在。

然而千禧年，张国庆遗憾辍学，去了天津。

2004年我在石家庄谋生，得知其居然在辛集的消息，第二天我们在远离家乡1000多千米外的地方见了面。这是中国皮革之都，他握着一把裁纸刀，比画着上班主要做些什么——根据模板把皮革裁成预定的样子，他能把同样大小的皮革多裁出一件衣服来。

我倏地感到沉重：他肯定能。因为张国庆聪明过人，能做出那些复杂的几何代数题，能记住长长的英语句子，他本应该读完高中，去一所非常不错的大学，展开高远的人生，他应该在我一生不能企及不能到达的地方工作。这样他也许会忘记我，但我依然以他为荣！

只是遗憾，他家里实在拿不出一名大学生所需要的费用。

在辛集待了两天，我们都很高兴能挣些钱了，能天天吃肉包子和米饭。这是我们读初中最为奢望的了。

2006年我开始创业，找他借了5000块钱。这是他积蓄的绝大部分，他知道这事有风险，我有可能需要很长时间才能还，事实也确实是很长时间才还上。

借钱的过程很简单，我打个了电话说差点钱，然后他就转给我了。

2015年五峰县城搬迁，我俩在渔洋关开了一家装饰公司，此时的国庆兄弟已是两个女儿的父亲，他每天凌晨驾着我练车技的爱丽舍送姑娘上学，然后奔走在每个客户之间。国庆异常敬业，做事和读书时一样刻苦用功而且迅猛，深得客户信任。一年后，我们赚到了一些钱。

我俩经常在办公室聊天到凌晨，经营上偶尔有争议甚至吵架，但只要他一拿起笔，我就不再说话。这个习惯是从抄他作业时保留下来的。

2007年他老婆在新县城的花桥开了一间花店，一家人天天倚着翠绿在一片繁花中围坐在一起吃饭。

疏篱趣无穷，何曾北风中，他考第一时，也许为此时埋下了伏笔。

同学·胡方奎

之前我追过一个女孩子。

我坐在她面前真诚地告白：姑娘我暗恋你已经很久了。那个季节我是名厨师，经常对酒店服务员表白，就和朝鲜发射导弹一样虽没有成效，但频繁，之所以记得这一次，是因为接下来发生了一件让我十分不爽的事情。

对面坐着两位姑娘，我暗恋的对象以及她的表妹，都在十八九岁。

我正经地说完然后期待欣赏书上所描述的红靥羞容，结果表妹年少很不懂事，拉着姐姐衣角大声地说：选左边那个，左边那个帅，他好像古巨基。

左边就是胡方奎同学，帅得像古巨基。

当然，这都是毕业3年以后的事情。3年前我俩在付家堰乡读初中，不认识古巨基。胡方奎喜欢英语这门学科，是科代表，刚好我最不在行就是的英语，保持全班倒数第一第二的位置。不幸他叫胡方奎，我叫张祖奎，有点像九阴真经和九阴白骨爪，虽出自一脉但是是正邪对立的武功绝学。

最初我认为胡方奎的性格大气，友谊至上不在意我考倒数第一。两人经常勾肩搭背晃荡在学校操场上，刚大学毕业的女英语老师在课堂轻声但从不吝惜语言表扬这位科代表，说他和我走得近是为了帮助差生。

有天晚自习后他来找我，豪气地说请宵夜。山区寄宿学校条件受制约，提供不了我们正常生长发育所需要的营养，况且都是十四五岁，活得十分嚣张，卡路里缺口大。说到有吃的，我眼睛都直了，马上表态下回英语考试肯定要前进5个名次。

熄灯铃响后我俩偷偷从校门溜出来，穿过集镇，走了很长一段隐藏在树林中的小路，在一堵悬崖的顶端，他指着山脚临河畔一处隐约的灯光说：那是我家，我回去搞点吃的。

山区有着一些传统的方法约束这个区域所有人的行为和道德，幽深的山坳和日照稀少的树林被赋予灵异力量，它们除了人烟稀少还兼有惩罚坏人的作用。一些不孝顺父母或者喜欢偷盗的邻居，会被众多乡邻咒骂，最后被告诫如若不改正，总有一天会有个庞然大物出现在他们面前，庞然大物平日就住在山坳里的暗处，张着眼睛监控我们的行为和想法，这些传说异常管用。

胡方奎回家的这条路阴暗寂静，过小镇不久就没有人烟，还会路过一个叫蛤蟆洞的天然洞穴。这个洞穴洞口巨大怪异，在月光微弱的青光中形成一个寂寂的黑斑。胡方奎偶尔也做坏事，怕走到这里发现自己的影子不见了，找我来对抗恐惧。

走到他家时已经凌晨1点，胡方奎的父亲和蔼宽容，丝毫没有指责我们违背常理的行为，热情地款待我俩。

吃完饭凌晨3点，他父亲嘱咐以后半夜回来要带上我，免得深夜一个人走这些山路有危险。搞得我当时有点怀疑人生，要是我半夜跑回家，八成会被母亲揍成残废。

回学校的路是上坡路，胡方奎在前面开始叙述自己母亲的事情，他妈妈离开他很早，早到他都记不得模样。他的语气平静，仅因路的陡峭让体力负荷增大而有轻微的语气变化，爬上那个洞穴后是一段长长的平路，我俩靠在悬崖边的矮草堆上休息。路右边垂直几公里下有泗洋河流过，细碎的波涛反射出粼粼的月光，山谷暗面的草木在夜风中发出低沉的呜咽声，我这位不幸的同学在这里讲完了他认为平常的事情。

到学校时已经是早操时间，胡方奎告诉我可以不去上今天的英语早自习，老师看到我蛮烦，我在不在教室她都无所谓。此时才明白为什么是我陪他回家的真正原因，毕竟学校要是知道学生半夜回家的行为，处分是少不了的，弄不好还要扫一星期操场。

这是我认不清 26 个英语字母最为丰厚的回赠，也是我们友谊的开始。我很开心，我也不想上英语自习，课文背完到食堂都买不到像样的馒头，况且胡方奎父亲炒的土豆片非常可口。

胡方奎除了蓝白相间的校服外还有一件烟灰色的西服，前胸兜口常年别着付家堰中学的校徽。他爱笑，而且很少抿嘴，所以牙齿一直露在外面，经常从后面小跑追上来把手搭在我肩上，然后捋顺因奔跑而扬乱的头发，我一扭头就看到一口白牙。

每天下午最后一节课后我们都要打扫教室，晚饭也在这个点。多数同学没有先洒水再扫地，拿着扫帚以最快的速度囫囵干完，16 间教室扬起的灰尘能隐去整栋教学楼。所以晚自习前教室里最稀缺的是抹布，书桌上厚厚一层灰，胡方奎是男同学中为数不多有抹布的人，收拾得还很体面，一块布四角整齐地对好叠放在一起，比我洗脸的毛巾都干净。偶尔有女生也找他借抹布，胡方奎异常热情，会飞快从我手里把抹布夺过去，恨不得帮她们把桌椅也擦了。

有次半夜回学校，我俩顺带打劫了老乡一树桃子，待我睡过早自习去找他分桃子时，看到胡方奎拎着两个袋子，一脸笑容站在班上面容姣好的两位女同学面前，如具条件允许，他兴许会把桃子皮削了递对方手上。

好多年后我才醒悟，在我朋友中，胡方奎不仅帅，还是最有智慧的。

初三时他分去了快班，读书开始不胜酒力，我因吃了他家不少土豆片，经常昧着良心说我很羡慕快班的同学，给他打气。

几年后也就是我给女孩表白不久，我俩在五峰城关合伙摆了个小摊，把火锅做好了盛在一个铁皮车里摆在街上买，胡方奎每天坐在铁皮车后面，脸上铺满比读书时更好看的笑容向路过的人介绍我做的火锅。

小摊隔壁有位做衣服的女孩，每次开摊，她都把灯芯绒布放在最上面，我和胡方奎走过时都会把手放在上面感受一下，当时的梦想是赚钱了每人置一套灯芯绒的西服。

这套衣服 45 元。

很遗憾我们都没有机会穿上这套西服，因为摆摊就没有赚到一分钱。

若干年后的今天，胡方奎已在福建安家，有了可爱的女儿，想起他，我最先看到他父亲充满歉意的笑容，和那件灯芯绒西服，最后他才会鲜活地出现在脑海。

黄竹山

黄竹山出名很早。

他已经被叫黄老师好几年后，我才来到宜昌。

有前辈告诉我，人生15岁前认识的人，才能算友情，15到25岁时能找到爱情，25岁以后，什么都是交情。

麻烦的是我24岁才认识黄竹山，刚好本命年。

先是一个朋友说认识黄竹山，两人时常在一起吃包子，说去某个包子店，准能见到他。

我当然要问什么特征，不然到时候遇到也认不出来。

朋友想了一下，把手放在眼前竖着食指，画了一个圆圈，像上学的时候老师画重点，然后说黄竹山脑袋非常圆，和包子一样圆。

我吃了口包子，很诧异，包子好像不是圆的。

但这段时间我走在街上，总会忍不住找脑袋圆的人。

第一次见过黄竹山的相片是在分众传媒的广告上，他神情肃穆带着一帮人面色冷峻地合影，画面底色厚重，正中有个和包子一样圆但毫无表情的人头像。

其实朋友描述得生动而且广义，包子是肩膀以上，不是我理解的就一张脸，没有比包子更能形容他的物体了。

当时站在电梯旁边一起看广告的阿姨还问：现在要账的也能打广告了？

不久后我和黄竹山成为了朋友，才知道他以前是宜昌市重点高中的美术老师，耐不住寂寞转行到装修界，应该是宜昌几万自称老师的设计师队伍中，为数不多中央美院毕业的美术老师。

回忆往事时黄竹山总说当是如何受学生爱戴，末了又夸自己炒菜手艺不错，当时还在学校边上开了一家餐馆，我忽然就肯定他受到学生爱戴绝对是真的，毕竟读书时学生饭量大，老师开的餐馆，多吃一碗饭，不会要加钱。

又过了几年，我们已经是很好的朋友，就和我在 15 岁前交的那些朋友一样。每天坐在他办公室的沙发上睡觉，下班跟着去吃饭，这时发现黄竹山的另一个特征，喜欢喝啤酒，其实喜欢啤酒的人很多，他能让人记得是因为他有痛风，但还喜欢喝，黄竹山每开一瓶就说：莫不会痛风吧，然后一饮而尽。

吃完饭我们去唱歌，黄竹山喜欢去那种 70 年代，话筒还连着线的老歌舞厅里唱歌。

舞池周围放一圈桌子，桌上搁几盘花生，他在一个旋转的闪光球下深情地轮番唱张国荣和谭永麟的歌曲。为了避免几位 60 年代的老阿姨被别个桌子的客人叫走，他甚至可以花 1000 元独自包整间歌厅。

这些歌厅都藏匿在城市很偏僻的角落，装修带着明显的年代烙印，带着线的话筒放桌上时会发出奇怪的尖锐的嘟声，异常刺耳。黄竹山把话筒举在耳朵后面，用手挡在嘴巴边上向一脸蒙逼的我们介绍，你们看歌厅的几位阿姨脸上写满岁月的沧桑，她们曾经是有鲜活故事的女性，我们需要像品红酒一样去体味这些事情。

因为都是他付钱，大家不好意思反对，有时候还昧着良心附和，确实像上个月刚走的四姑妈家隔壁的二婶娘，新中国成立前是国民党军官的二姨太。

以物以类聚人以群分的古训，我和他惟一能靠近的性格就是爱好旅游，但因为收入处在不同的区间，我先要攒几个月钱才能出去一趟，黄竹山说走就走，而且一个地方要是喜欢，能在一年里分春夏秋冬四季去四回。

有时候他心情好，就和吃完饭买单一样豪气：走，我请你出去玩！

就像朋友请你喝几杯的口吻。

我们很少去城市，我识趣地不挑地方，毕竟没出钱。

黄竹山喜欢西北和西南，甚至能说出银川烤羊肉串和内蒙古口感上的区别。每到目的地，找到客栈后他第一件事是找张空桌子，摆到空阔处，然后从车后备箱搬出投影仪和幕布，拿出在若尔盖草原淘的铁壶和茶具开始煮茶看电影。

酒店即刻变成露天影院，周围挤满来自各地的游客。

看完电影喝完茶，我们又开车回家。

其实前辈所说的 15 岁后没有真正的友谊，是因为我们成年后背负了物质的负担，不愿意花心力去延续不能产生物质价值的人际交流，但如果是碰巧遇到灵魂重量等同的人，还是愿意花时间一起去喝一杯的，即便对方有痛风。

一位姑娘

谨以此文，致敬奋斗中的五峰人。

生活给了我们这个年代优秀的人，太多艰难的选择！

2001年的时候我18岁，在五峰县长生洞景区当厨师，当时还带了位徒弟。

长生洞在两山间的峡谷底，山虽然不大，但险，逼仄的空间让再亮的灯光都照不出10米远，每天晚上除了这个景区有人，周围狗都很少来。这里距城关镇有3~4公里，沿途没有几户人家，更没有路灯，晚上餐厅席毕后，我们喜欢跑到街上去玩。

有次同路的是位姑娘。山风穿过峡谷，发出奇怪的声响，月亮还在山的另一边，夜色里路两旁的梧桐树影影绰绰，遮掩在马路上空的枝干像张开着的比例怪异的手。树叶间隙中闪烁不定的天光如同若干双眼睛，它在搜寻着我们。溪水在石头巨大的阴影下暗自前进，发出明显节制过的微弱声音。周围盘踞着一股无处不在的阴沉沉的力量，姑娘很害怕，紧跟在我们身后，并且不断靠近，她想走在我和徒弟的中间。

对这位年龄相仿的姑娘，我们并没有好感，虽然处在看到漂亮女性指甲缝都能溢出荷尔蒙的年龄，但我俩甚至用冷讽的话对她表达了厌恶。

因为，她是个在景区歌厅上班的姑娘，其实还能再往坏处想一点儿——当时长生洞景区有住宿，是个让一部分人流连忘返的场所。

姑娘很快感受到了我们的不友好，羞愧不安，慢慢退到很远的地方，不再发出任何声音，让我们几乎感觉不到她在身后，最后甚至忘了身后有人同行。

午夜我们才回去，在五峰镇医院门口最后一盏路灯下，姑娘在等我们，依然没有对话没有交流，她仅是远远地跟在我们身后。

在这里工作没多久，姑娘就离开了，很少人会记得她，就像天空晴好时想起前夜的一场雨，有意外也是必然。除了老板，他把所有人的离开都当作背叛，无事闲聊时便讲起姑娘，他轻描淡写地说这姑娘其实姓T。

老板补充说她读书很厉害，一中辍学，收拾她的房间还捡到一张成绩单，他像拿出一份莫大战利品似的展开这张成绩单。

这是份2001年五峰一中某班的成绩单，即便是用铁笔在钢板上写出的字，笔迹依然工整漂亮。对开的纸面没有一丝墨斑，依序排列着一些名字——在五峰，这代表着最为优秀的同龄人。

她应该保存了很久，折痕清晰深刻，纸面被油墨长久地浸润，几乎呈透明状。姑娘的名字排第4，英语是满分。

次年我改了行，某天接一个深圳电话，对方是位女性，称呼我为张师傅，想请我去做土家菜。我听着声音觉得耳熟，但不能确定是谁,她不断夸奖说我那几道菜做得特别好,甚至说和我共过事。

在讲了很久依然无法确认身份后,电话那头沉默了一小会儿,我仿佛听到另一个声音,因为她除去了言语中欢快的语调,用平静略带惶恐的声音说:"长生洞你记得吗?有天晚上我们一起下街玩过的,后来一块儿回去——想起来没有?"

那些年我的记忆一直在兢兢业业地工作,记住了大量的往事,记住了许多萍水相逢的人。

随即我雀跃地说出了她的名字,说出了她英语考了满分。

也许我在等待这个电话,等待听到她的好消息。我从未去过深圳,但不妨碍知道在这样的城市开间餐厅,能有四五个包厢,必定是件非常了不起的事情。

今天写这个故事,我忽然意识到,姑娘并非单纯地邀约我去工作。我非常幸运,是她进击人生中在意过她的一位观众,遗憾的是我忘记了,当时自己有没有真诚地向她道歉。

刚过去的五一假期,我又路过这段路,两边的梧桐苍翠葱茏,干净的阳光从翻涌的树叶间降落在柏油马路上,漾着一路斑斓。梧桐树间布满开着黄色花的塘蒿,疫情刚过,这里好久都没有访客了。长生洞已被兴发集团收购,成为一个单纯的风景区,之前丑陋的建筑大部分被拆除,余下的也已腐朽,淹没在细密但顽强的植物中间,苟延残喘。我想,下次再来,也许会见不到它们的影子了。

腐朽的必定腐朽,长生的会一直长生。

清泉村·宜昌城 | 167

蜀葵花

很久很久以后，才知道被我叫了好多年牡丹花的植物，实际上是蜀葵。

小时候整个村都叫它牡丹花，种在稻场的角落，4月初蕊，会开很久。

不过我们种的大都只能开出粉色的花瓣，如果要看红色和白色的蜀葵花，就要去芳儿姐姐家。

芳儿姐姐是我的邻居，大地从关刀崖向下铺排时，在我们两家之间隆起了岗，她家在岗的左边，我家在右边。

她大我10岁。

快到芳儿姐姐家时路边有一棵柿子树，从我小的时候到现在它都是这样的高。路过这棵柿子树就能看到开着粉色、红色和白色花朵的蜀葵，还有开黄色花朵的美人蕉，我们少见的花，这里都有，密密地排在稻场边缘。

其实我并不是特别喜欢看这些花，我最喜欢的是看芳儿姐姐洗头。

她把两把椅子倒放在稻场中间阳光正浓的位置，上面放着和蜀葵花瓣一样鲜艳的两个盆，旁边立着热水瓶，芳儿姐姐低下头让大部分头发埋在盆中间，不停地叫我："二林二林，帮我把衣服往上拉拉，要打湿了。"

她说的衣服其实是后领口，我走过去看到芳儿姐姐柔润瓷白的后颈，阳光在细密清晰的发根上面涂抹了一层薄薄的光晕。

我迟迟没有动，芳儿姐姐直起腰，洗发水的泡沫沿着笔直的头发像雨帘一样往下滴，她抓住我的手开始埋怨，你就知道玩泥巴——看到她洗头的水沿着稻场上细微的沟壑四下流淌，我准备在蜀葵花下面修个拦水土坝，手上沾满稀泥。

在她头发上的水从雨帘变成珍珠时，我的手已经被冲洗干净。

我像个敬业的门童站在她身后，用两个手指捏拉着领口，芳儿姐姐用毛巾从另一个水盆中蘸满清水淋在头发上，泡沫慢慢滑落消失，头发露出像黑绸缎一样的光泽。

回家的路上我不停地嗅手上的香味，晚上母亲给我洗澡时我都高举着双手，生怕味道被洗走了。

我对香味一直有非常深的依赖，它们总能莫名其妙地轻易打动我。

初二时我和镇上一位姑娘同桌，她家境优越，有一把浸过香水的檀木扇。

那时候的黄昏很长，我坐在课桌上等待窗外的天际变成湛蓝，这种湛蓝是清澈的，因为其中的黑色都沉下来落在大地上，填平山与山之间的沟壑，远山都变成了一个个剪影。操场上已经没有多少同学，晚自习是我这个不太喜欢读书的学生最向往的两节课。

山上细密的树林让吹来的风凉快干净，它们渗着木扇浸润过的那种香味，这香味比芳儿姐姐的洗发水更纯正惬意，那是一种清嫩的气息。

已经记不得和她同桌了多久，毕竟当时的一天，好似长过现在的一年。

我俩坐在教室第一排邻近讲台的位置，她是文艺委员，每节课开始时要带领大家唱歌，这女孩对音律确实不太擅长，5个音节能错3个，我们都不知道她到底想唱什么，所以她一开口，往往带来的是哄堂大笑。

这所学校大多数学生都来自农村，有人自卑且敏感，被嘲笑后的正常反应是低下头，更有甚者会哭出来。

我同桌不一样，她父亲是乡里的一名干部，有一些漂亮的修身衣服，比包裹着红白相间校服的其他女生更玲珑，班上多数男生都会多看她几眼，所以她有着我们仰望的自信。被嘲笑过后同桌会冲我吐下舌头，低下头用书遮住俏皮的浅笑，仅露出弯下去的鼻梁和侧望着我的眼睛。阳光越过了远处的山，但不能越过她的鼻梁，透过散下来的头发，我能看清她忽闪的睫毛。

最开始我很讨厌嘲笑她的同学，有些情愫像田地的小草，总在季节到来时自然地生长，不经意间会高过母亲辛苦种的庄稼。

傅家堰中学建在山腰，秋分一过，风开始变凉。我已经忽略了扇子的香味，陷入了一种非常敏感的困惑中——想铲去长在庄稼地里的那些草，可我把目光靠近看到它们刚吐出的新绿时，又开始期待这些小草有机会长大。

下午最后一节课后，我飞快吃完饭，早早在教室等待。

同桌的姐姐也和我们同班，姐妹俩靠着我的课桌站在窗户前聊天。我是个合格的观众，大多数时候只是静静地聆听，但也在期待她偶尔转过头问我一些问题，多数情况没待我回答，她就已扭回头。

　　初二时仿佛一整年我们都是同桌，其间教室课桌调整过好几次，很巧的是我和她的位置没怎么变化。她的天资很好，花一点儿时间就能完成老师布置的任务，我却是再怎么努力也完成不了，索性靠运气过着每一天，这样我俩晚自习总是有空聊天。

　　其实也不能算聊天，她花几分钟就记住老师画的重点，然后开始干其他的，我看着书本的目光很呆滞，因为眼中的神色都用来偷瞄同桌。几次三番，她开始有意捕捉我的眼神，这确实是名大胆的女生，她没有任何难为情，而是顺着我的目光碾压过来，故意靠近了问，你在干吗？

　　我当时说话有点儿口吃，看到她越来越近的脸庞，慌张得如同田地里被惊起的兔子，而且这种慌张随着她的靠近愈发强烈，口中结结巴巴，自己都不知道说的什么。

　　初二上半学期快结束时，朋友送我一个带锁的笔记本。我在上面记下了很多的话，把心田挪到了每张纸上。这是隐秘但肥沃的土地，之前清嫩的草在这上面迅速地生长，一片丰盈，直至我自己都从未涉足过的心境。

　　我对爱情最初的认知，是在一位表哥和他同学的聊天中。这位家族中最帅气的表哥性格幽默，读书成绩优秀，只是那个年代，成绩优秀的人也会读中专。

　　表哥最好的同学是我邻居，每年暑假，清泉村正值酷热，我们仨把竹席搬到楼顶，平躺在上面数着星星，等待午夜清凉的山

清泉村·宜昌城 | 171

风。他俩最开始聊班上的同学,有一些特殊的人名不经意地被提起,气氛就会有些变化,那时我还不能完全理解他俩会心的笑容中隐藏的,其实是一生里最初也是最绵长的情感。

聊天中的诸多同学到后来就变成一两个,而且被反复地提及,我知道这是两位女孩的名字,在大龙坪村时我见过表哥说的这位姑娘,她离表哥家不远。大龙坪村的苞谷长势正旺的季节,表哥时常带着我蹿奔在一人多高的苞谷林中间,趁着帮舅舅换酒的间隙,绕去对方家里坐一会儿。我还记得她有一位漂亮的姐姐,总能在妹妹之前先看见我们,这位姐姐的笑容热情但余味深长,背靠着家门口的核桃树对我们说,来坐一会儿哈,不过父母在家咧!

表哥也会向他的同学讲述这些事情,讲在宜昌趁周日去女孩学校找她玩,寝室门没有关,女孩背对着门在吃面条,对面墙上有块小镜子,从镜子中刚好看到她的脸,女孩被辣得满脸通红,表哥倚在门框透过镜子静静地看着她吃完。

说这些话时表哥双手枕在头下,他应该已经忽略了我们,对着璀璨的夜空说,她真的很好看——

这是一句远离时光侵蚀的话,30多年后的今天,依旧能感受抑扬顿挫间沉潜的悲欢,我甚至真诚地期待,这位女孩,也能读到这段文字。

我的日记记到后来,可以从零碎的句子中看到潜伏着的一封封情书,我开始期待属于这些句子的观众。

漂亮的女同桌发现这个笔记本后,只用3秒,就让我说出了笔记本的密码。某个晚自习她飞快看完这个日记本,但有意躲开了字里行间的各种"埋伏",在第二天,她十分自然地告诉我,自己喜欢隔壁班的一名男生。

她说这几句话时表情坚定,言语也很利索,说完就背课文去了。

今天想来,她或许在保护我,照顾我敏感的自尊心。

所以,我最初的爱情,是一场单相思。

但往后的很长时间,我都不敢直视同桌,只是路过她在镇上街角转弯处的房子,依然有种蒙昧的喜悦,期待能看见她,但又害怕看到她。

初三开始前,我的女同桌转到县城读书,这让我很痛苦。晚饭后我第一个走进教室,想努力考上五峰一中,期待和她能再次相遇,而且在此之后看到关于爱情的小说或是电影时,我都会不自觉地想起她来。

1999年家里来了几位客人,他们从大龙坪村绕了30公里路转道清泉村。

这是几位石匠,来自湖南桑植县。在更早的1988年我家起房子时帮父亲加过墙脚石,当时没有制梁的工艺,石匠会在房子四角垒起规正的脚石,让其成为最重要的支撑点。

我还没有上学,每天傍晚石匠给錾子淬火时我喜欢帮忙拉风箱,然后听他们讲故事。

清泉村是个小地方,从上到下从左往右数不出300户人家,虽然我不识字,但我认得村里的所有人,我知道他们在谈论哪一家的事情,他们用不同于我们平时说话的口音叫着一些长辈的名字。除了我家他们还在给几位邻居打水缸,把很大的石头削成5厘米厚,5块组在一起放厨房盛水,正前的一块雕刻上有意义的内容——或代表时令或隐含祥意的春夏秋冬与福禄寿康字样。

能漂亮地写出所有字的师傅叫覃新年,他背靠石墙,一条腿摊在地上,拿着錾子教叽叽喳喳讨论的同伴在泥土上写"禄"或是"寿"。

工具都整理好后,有人往火上扔一块碎铁锅片,再往上放一把玉米,我马上拼命拉风箱,玉米粒在烧红的铁锅片上炸裂弹开,我跟着香味找这些裂开的玉米粒丢进嘴里。

为了每天黄昏都能吃到简单的爆米花,我中午帮他们在松树木的水井灌好凉水送到干活的地方,每当碎石屑埋住字样时,覃师傅都会低头把头发拨开,鼓足腮吹开石屑,让字样清晰地露出来,邻居们水缸上的字,都愿意请他去刻,他刻出来的字舒展壮实,比学校老师写得还好。

1988年时的覃新年和1999年的我一样大,16岁。小覃师傅向母亲打听我,说一直记得我的样子,记得我帮他们灌凉水。

母亲向我转述这些话时,我确定他说来看我,其实是想看看另一位重要的人。

覃新年和芳儿姐姐见面是霜降后。

冬天的清泉村田地里的庄稼也已收割,四下空旷,季节除去了遮挡视线的大树上的繁密枝叶,在吴家堂回来的路上能清晰地看到大半个清泉村,小路像筋脉连接到每家每户,几株常青的树孤独地站立在北风中,柿子正熟,红彤彤地挂在没有一片叶子的树上,在灰黄的底色中透着温暖。覃师傅和他的伙伴们从我家房子向周围搜寻,找离得最近的柿子树。

我们去摘柿子时,芳儿姐姐正把彩色的毛线缠在束头发的橡皮筋上,素色的橡皮筋通过她手指的张握不停地旋转,毛线一圈一圈地绕在上面，单调的橡皮筋变成了红色或是粉色。

蜀葵花已经开败，但它们曾经的排场依然在，枯黄的枝秆顶着一团团花籽。芳儿姐姐抬头看了下我们，问我不是要种花的吗，可以去捡花籽了。

我忘了是来摘柿子的，扔下他们去捡花籽。

芳儿姐姐缠好橡皮筋就过来帮我分花籽，告诉我哪株是红色哪株是粉色。握着两把花籽往回走时大家都已经散去，覃师傅倚靠在柿子树边，他一把孵起我顶在肩膀上，说他临别时听到芳儿姐姐在后面说："二林，你帮我削几根毛线针吧，二婶要我给你姐姐织件衣服。"

我并没有把这句话记到第二天，但覃师傅记住了。

黄昏接他们回来，覃师傅手里握着一截竹子，錾子淬完火没有炕爆米花，他把竹子放在火苗上旋转蒸烤，刮去表面的竹青。这是一截上好的金竹，肉厚而且结实，平时用来做背篓的径向支撑，他用刀削去了凸起的竹节，从中间剖开，圆形的竹子变成了一堆筷子粗细的方棍，再削去 4 个棱角，覃师傅从口袋掏出已经成细沙大小的石屑，握紧已具雏形的毛衣针来回拉动，质地细密的竹肉表面慢慢发亮形成包浆，像是年久的原木家具，我看得目瞪口呆，第一次见除了篾匠外还有人能把毛衣针削得如此体面。

覃师傅依然只走到柿子树旁，示意我去送毛衣针，芳儿姐姐和我一样惊喜不已，握在手里反复打量，不停地问我从哪弄来的，这只怕是别人用过很多年的。

最后她看到倚着柿子树的覃新年，随即折身回屋，进门时用余光瞟了下像一截树桩的覃师傅，说：他不是石匠吗？

下雨天，石匠不能下地干活，其他的师傅出门找牌玩去了，覃师傅蹬着火塘的横木哼着他老家的山歌,膝上放着一块小石头,他在雕一只狮子。

母亲带着芳儿姐姐和另一位会织毛衣的大婶进门时,覃师傅像是录音机卡了带,我都能听出这山歌起伏太大,明显不着调。她们坐定后茶都喝了好几口,他又忽然站起来,仿佛在自言自语地说:"家里有客呀。"

虽说是织新毛衣,其实是把旧得不能穿的若干件毛衣拆成毛线,再织成一件合身的毛衣,芳儿姐姐把旧毛衣拆成线团后用几天前覃师傅削的针穿起来,大婶对这根毛衣针依然惊奇不已,拿在手中反复地打量,好奇地问:"芳儿,你这几根针好,只怕是供销社买的吧?"

芳儿姐姐瞟了眼躲在房间暗处给小狮子刻尾巴的覃师傅,回答说不是,这是天上掉下来的。

毛衣从秋天一直织到清泉村开始下雪,也许是有好针的原因,芳儿姐姐对这件衣服的要求格外高,左边的袖子才织完,她感觉右边的不满意,拆完右边袖子又认为腰身太粗了。

除了姐姐对这件无望的新衣服有些怨言,性急的母亲都宽慰地对芳儿姐姐说:芳儿,不着急,你慢慢织,过几天年猪饭还指望你帮忙搭把手。

还没有到杀年猪的日子,芳儿姐姐就开始帮忙做饭,农村的晚饭都在天黑后,吃完饭她不敢一个人回家,即使碗都洗完了母亲还是说有事很忙,吩咐覃师傅和我一块儿去送芳儿姐姐,刚一出门,刚才喳喳的两人都没有话了,我说了几句也没人回应。

冬日的天光映亮了路,我们踩在雪上发出籁籁的声响,一路默默走到柿子树旁,看着芳儿姐姐推门进屋。

回家的路上覃师傅开始唱老家的山歌，他反复地唱着其中的几句，歌词一样但每次旋律都不同，再后来节奏完全自由，近似呼喊。夜晚的清泉村万籁俱寂，他的声音干净高亢，远处辽阔的群山隐约有了回音，唱到末尾他才又回到了节拍上。

第二天晚上出门没走几步，芳儿姐姐就说："哎，后头的，唱个歌听听撒！"

覃师傅也许是没有准备好，一直都不着调，而且声音很小，我听到他拍后脑勺的声音都比开的腔大，快到柿子树了还没有顺畅地唱出一句来，芳儿姐姐不耐烦地说别喊了，过会儿猪要被吓跑了。

当覃师傅能流畅地唱完这首歌后，芳儿姐姐要他在柿子树旁一句一句地分开唱，自己跟着学，歌词中拿不准的句子，覃师傅会平述出来。相比我们的方言，湖南话平缓，没有太多起伏，儿化音说得不好，略显俏皮，芳儿姐姐对唱歌没了兴趣，一边调侃覃师傅，一边一字一句地跟着学湖南话。

清泉村北侧是清江，虽然隆起的山岗挡住了不少挟着湿气的风，但毕竟是冬天，芳儿姐姐还没有学会，我的鼻涕开始溜溜地往外淌，拉着覃师傅的手闹着要早点回去。

第二天晚饭后覃师傅开始在火塘边教芳儿姐姐唱，他把椅子仰起头靠到墙上，双手握着小狮子，用刻刀仔细雕背上的鬃毛，因为在屋内，他降了几个调，曾经高亢的山歌徐徐地涌动，芳儿姐姐学过几句之后也不出声，静静地看着忽明忽暗的火苗，听他一个人唱。

覃师傅真正离开清泉村是在第二年的初冬，少有的晴天，太阳撵走了昏云暗雾，朗照大地，前天才融化的雪让路面上的浮土湿润舒软，而且不粘鞋底，他的小伙伴们都开心地哼着歌收拾行李。

他换上了干净的衣服，挽着袖子在雕狮子的 4 只脚。这是个细致活，从大清早到中午，他都没有站起来，一心一意盯着小狮子，同行的伙伴已经告别了我父母，他们带走了覃师傅的行李，蹲在村头的岩子口等待，太阳快偏西了他还没有结束，伙伴们开始在远处呼喊。这是覃师傅的家乡话，我想在清泉村，只有芳儿姐姐才能听懂。

但姐姐的毛衣去年已经织好了，所以她今天没有来——

2007 年 10 月，我的 QQ 空间提示有新的动态，是一句再平常不过的留言，我没弄懂自己是如何捕捉到其间的信息，确定留言的就是曾经的女同桌。我将她添加成好友，简短对话后对方的表情越来越多，字越来越少，直至最后没有了回信。我盯着她的头像，有种不明来由的激动。其实在这 10 年间，我已经走过了遥远的路，见过非常多的朋友，心境有如河流山川，辽阔无垠，但当初那粒掩埋在深土中的种子仿佛得到了某种启示，我理解了覃师傅绕道 30 公里路再次来到清泉村。山区的变化终归有限，我的小石狮子还在，岩口子依然能鸟瞰半个清泉村，柿子树伫立在原处，这种老树不会再长高，但也不会再结果。

芳儿姐姐出嫁时我已上小学，她的婆家在不远的清江畔，听到唢呐声从远处呜呜呀呀地飘来，大家都跑出教室，站在路边看新娘。唢呐声音本来就嘹亮，又是喜事，领头的吹鼓手摇头晃脑，十分卖力，我们站在路边，陪嫁的队伍绵延很长，抬着嫁妆的竹竿中间都粘了一圈红色的纸，芳儿姐姐在送亲队伍中间，穿着颜色鲜艳的新衣服，但神情肃穆，这是威严的仪式，整队人都很高兴，但新娘必须哭，哭得越厉害意味着她一生会越幸福。

芳儿姐姐从我面前路过时，我看到比以往更漂亮白净的面庞，长长的头发盘成发髻，我忽然想起覃新年在很多年前茫茫白雪中高亢的夜歌，大意是要去娶自己心仪已久的姑娘，而姑娘在家里等候梳妆。

我有点伤感，一个人默默走回教室。

再次见面时芳儿姐姐已是一位母亲，在五峰城关卖水果，女儿在不远处的高中念书。也是在冬天，人们都挤在太阳能照射到的地方，步行街显得很空旷，芳儿姐姐穿着臃肿的外套，坐在一个小凳上，前面放着架木板车，上面铺着一块软垫，盛着各类水果。时光和这件外套掩盖了她曾经的清丽，只是她依然叫我二林。

城关虽然是个小集镇，但汽车和嘈杂人声形成的混响还是不断碾过来，失去清泉那空灵的环境，我听不见芳儿姐姐跟着覃师傅学唱歌时爽甜的声音，这就像削了皮的苹果，时间让它失去了本真的味道。

临别时我说："芳儿姐姐，其实你以前种的花叫蜀葵，不是牡丹花！"

2012年，我和表哥合伙做生意，其间要注册一间公司，为了顺利通过工商部门的企业名称预先核准，我俩要准备几个公司名称。在一页空白纸上，表哥写下的第一个名称，是那位吃面时脸都辣到通红的女孩名字中的两个字。看他落笔时，往事汹涌而来浮于脑海，我想，带着温暖的人和她们的名字在数十年之后依然熠熠生辉。人在成长中，总能遇到让自己心动的人，引申到生命层面应定义成爱情,如果这种情感投射出去后得到对方的响应,就如一条互通的高速公路,才会日渐繁华。

极为意外的是,20年后在宜昌,曾经漂亮的女同桌和我相遇。一位老乡请客,主人并不知道我们曾经是同学,安排她坐在我右侧,距离似乎比读书时更小一些。回家的路上,我忽然想起这人算是我的初恋,不过回望1999年,我喜欢的人好像又不是今天见到的她,历经多年纷扰,当初那颗种子,终无踪迹。

但我确定,在自己16岁时,曾有位姑娘带着确凿无疑的美,伴随我走过很长的路。

走向辽阔

在 4 年前我认识了位朋友,他叫向昌浩,别人在介绍时说他是位作家,也是杂志社的编辑。

昌浩兄后来在微信上发给我一条信息,信息的最后是祝我走向辽阔。

也许是因为我年近 40 岁,也许是能略微从容地处理身边多数的事情,从更早前我的生活便开始沉寂,像匀速转动的胶卷,除了几帧女儿成长的图片,很少有值得回看的镜头。

阅读这条信息时我正参与两条船的舾装,船泊在荆门山前。万里长江在这里挣脱了莽莽群山,灿烂的阳光斜切出 1000 米外长江大桥的光影,投射在东去的江面,桥两端隆起的浑圆山梁托举着天空,我背靠着港口的铁栏杆,和江中的船桅两两相立,这两艘船分别去往远方的巴拿马和东帝汶。

昌浩兄信息中"辽阔"这个词像一把匕首,刺破包裹在我内心和目光外的麻木。人生行进中总会有些缘起,这是为了把我们从谋虚逐妄中领出来,从有限性的事情中深砌出无限的感悟。

那么，有什么能比眼前的场景更为辽阔？

我的家乡叫清泉村，铺排在一架发育成熟的山脉上，清泉村有7个小组，如7个音阶般从泗洋河底递升到山巅的关刀崖。我家在4组，正前方是壁岩，它像身材魁梧的长者般站在你跟前，两堵悬崖间的距离，是15岁前能看到的天空。我在一个逼仄的空间里度过了童年和少年时光。

当然也有看到更多天空的机会，每年暑假去幺姨家，我们会沿着叫炉子坡的山脊走到关刀崖顶，头上湛蓝的天空扩大了数倍，辽阔无垠，侧望去能看见在行政上属于长阳县和巴东县的万重群山。距离除去了山的险峻，仰望时壮丽巍峨的群山变得小巧优美，我扶着路边粗壮的松树，把脑袋努力转过来，倒立着的群山下天穹呈一个巨大的弧形，没有远方没有尽头。在当时我还不能用这么多的词汇描述感怀至深的场景，不过，在这里，母亲不会催促我们赶路，她会把背篓靠在土地庙旁，坐在台阶上歇下来，对我和姐姐说，你们多看看，这个地方多开阔！

初中毕业后我回到了清泉村，这期间捡到半册《今古传奇》，这是书的后半部，上面印载着《玉娇龙》中的一个章节。在清泉村是很难找到两本连着的书的，况且这是一个很长的故事。

第二年我去县城城关学厨师，有天在街上避雨时，我越过几步台阶躲进一个小门厅，这是五峰县图书馆。它立在天池河东岸，门厅尽头有部之字形楼梯，梯步覆满发光的水磨石，沿着楼梯转上二楼，有一组由窄抽屉组成的壁柜，里面盛满用蓝色圆珠笔在硬卡纸上书写的索引，字迹介于楷书和隶书之间，工整却不失灵动。

连载《玉娇龙》的《今古传奇》没有找到，但我发现了《当代》《朔方》《收获》等杂志，它们靠在一起时那纤弱细密的书脊，比家乡雄伟壮阔的群山更为涌动，宁夏平原那位叫张贤亮的作家肯定不会知道，自己的文字荡涤过一个年轻人曾被昏云暗雾包围的灵魂。

在我记忆下游的2017年，我在镇北堡见到了张贤亮的照片，我从没忘记过他的脸，记忆开始轻轻旋转，画面的底色是鄂西小镇五峰城关图书馆二楼阅读室厚重的木条桌，上面摊着印有他文章的书，我甚至想起《收获》淡黄色的封面，想起和蔼、微胖，喜欢各种石头的工作人员。

第二天我站在了芨芨草和酸枣树覆盖的贺兰山脚，这是张贤亮曾经放羊的位置。裸露的钢青色的石头是山洪流经的地方，从山谷深处一道一道排列的山脚，铺到最远的天际线。太阳的光晕和渐起的山岚填平了所有的沟壑，单调的灰黄透着坚毅勇敢，没有风没有云没有鸟，只有无边的辽阔和无尽的苍凉，但这里是我的麦加，我没有像认同张贤亮一样认同过生命中出现的其他人，他的文字让我有滋有味地咀嚼前路茫茫时一秒一秒流过来的时间。

两天前东帝汶号船在长兴岛海试，凌晨的大雨中我们解开泊船的缆绳，迎着淡淡的天光驶过长江口开往东海，几小时后失去手机信号，这是万里长江的尽头，是万里远航的起点，大海让所有的事物都没有了痕迹，这种空落反而让人充实。我坐在甲板的栏杆旁，在静谧淌过的时间中翻寻往事。往事像手术刀，她能剥开最初信念外不切实际的自我认同，让生命释放出新的能量，更能切除我在略微从容时产生的懈怠和沉沦,不让它们吞噬美好的记忆。

感怀一路上信任和点悟过我的人,你们的帮助让我能从生存的范畴进入更广阔的人生境界,谢谢你们辽阔的胸怀。

稻花香

每到年岁交替时,我总会感怀这一年经历的时光,就像开车返回来时的路,总有几处风景值得驻足欣赏,有些许往事需要追叙。

疫情依然没有结束,我们又度过了极不平凡的一年,新闻中经常出现宽慰的词句:今年的最大的丰收,就是我们依然健康。

每每听到"丰收"这个词,感觉它一直在我的记忆里,坦然安卧在某处,像是很久未见的朋友。

小时候对丰收只有具象的概念,农村粮食从地里收回家,需要艰辛的劳作。我家没有男劳动力干农活,父亲常年驻在工厂工作,母亲从日出到日落,要费很大的力气才能把成熟的粮食背回家。一个秋天,竹背篓上的篾背带需要换好几次,面对好年景她也只有短暂的喜悦,然后又默默地重复到另一项繁重的农活里。

感悟到丰收的另一层意义,是很早电视中的一则酒的广告,几位少年埋下一瓶酒,若干年后各自驾着车带着妻儿挖出这瓶酒来。宏大的背景音乐,烘托人生的丰收时刻,最后是稻花香的字样。

看见这个广告后,我把丰收和庄稼收成剥离开了,感觉挣到钱有体面的生活才能获得人生的丰收时刻。彼时的我认为的钱数目不大,过年时能买到一台 VCD 机即可。

2000 年离开了母亲和老家清泉村。起初的两年并没有挣到钱,我在县城一家小餐馆当学徒,每月工资 120 元,除去早餐,别说 VCD 了,播放的光盘都买不起。不过我对稻花香酒有了很深的情感,不仅是我学会了饮酒,更重要的是这酒的包装盒内有张奖券,可以兑换到 5 块或是 10 块钱。每当前台的服务员需要帮忙收拾包厢时,我们都从后厨争先恐后地冲进去,翻找稻花香酒盒上的奖券,找到奖券后发现桌上的瓶中还留有少许酒,那就是我们的人生丰收时刻。

两年后,我离开了县城,经过宜昌去往北方谋生,在夷陵广场见到了九洲大厦楼顶灯塔般的"稻花香"3 个字。这时稻花香的广告已经迭代,换成了一位戴着博士帽举着数码相机和爷爷奶奶合拍的视频,结尾处是位掀开红盖头的新娘。当时在我身边一起看广告的是我的一个初中同学,我俩加一起共念了 18 年书,以年份算刚好能到博士研究生。想起广告主角自信高远的人生,再摸摸自己口袋中的初中毕业证和眼下没有归途的前路,自卑和无措从心中升起。我和同学这种资质平庸、渺小如沧海一粟的个体,时刻为生计奔劳,我们可以谈生存,但没有太多机会谈人生,也许我们的丰收时刻只会同母亲的丰年差不多,仅是从地里比往年多背回了三五篓玉米。

我已经记不清我从什么时候开始能买得起一台 VCD 机了,不过我发现年纪越大,我对丰收的定义便越飘忽。愿望像是从群山隘口冲过来的风，面对开阔通达的平原时，不知道应该先去摇哪棵树。

我想过把老屋已经在漏水的平房再加一层，再后来立誓把可怜的母亲接到宜昌玩一趟，这些心愿完成时应有的喜悦总被对下一件事情的欲望掩埋。

时间接纳了所有发生的事情，又像肥力很足的熟田，许多种子在上面生根发芽，再变得枝繁叶茂，我来到了2022年。

去年我在上海觅到一点儿活，整个8月后，无数次往返长兴岛，其间见了位叫马秦锋的同学。读书时我俩同桌过，他背英语单词、解方程式均不在行，但能非常快地把女老师惹哭。马同学点了一大桌菜，每新上一道菜，他会先转到我面前，嘱咐要多吃肉。菜品中虽然有许多比肉更珍贵的海鲜，但让客人多吃肉是我们家乡款待亲人朋友最真挚的一句话。

重逢的地方在松江，分别时他自己说咬咬牙，也能在这里供一套房。我在网上查了下，松江房价每平方米5万元左右。

其实我们是无法对未来提要求的人，放弃读书后就没有了选择。甚至永远在被选择，把我们带出村的贵人是干什么的，我们往往不会脱离他的行业。某一年，村里出门务工的人六成在广州做模具，第三年村里有了七八位厨师，再往后，整个乡有一半人在北方叫辛集的小城做衣服。

能在上海买套房对许多人来说，不能算成就，但我依然为是马秦锋的同学感到骄傲，这个曾经开一台破双排座微货车的少年，他所经历的人情冷暖，仅仅他自己知道。每位五峰人，大概都走过一段艰难的路，尤其是我们这样读书少的人。

回到工地已是黄昏，我倚在船舷，这是长江口，是天穹的起处，秋天已经完全占领的阵线。火烧云和江对岸上海的霓虹连在一起，辽阔的江面闪着细密金色的波光，这是丰收的季节，我打通母亲的电话，她高兴地向我描述了今年地里的收成。

此时马秦锋同学正开着他的凯迪拉克，穿行在上海的某个街口，如果没有开车，我们今天喝一瓶稻花香，想必是没有问题的。我有些后悔曾经的妄自菲薄，再渺小若尘的个体，依然会有了不起的一生，都会有自己人生的丰收时刻。在这个伟大的时代中，你只需要和在故土生活一生、平静平和的父辈一样，虔诚地信赖土地和时间，春天播撒种子，夏天就会有稻花香，秋天自然就能有粮食酿出酒来。

若干年前，幺爹想在祖宅处起一栋新房子。在清泉村起一栋房子要很多年的储备和积攒，而且起房子本身又是一个很漫长的过程，需从春天到冬天，新屋动工前老屋会被拆掉，门框檩条和楼板在起新房还需要使用，他们家在一个简易的木棚子里度过了这一年。这个没有门没有窗的简陋居所对小孩子有莫大的吸引力，我每天的多数时间都待在这里。农村温暖，下雪后这个四处漏风的棚子反而坐满许多邻居，他们以此表示对户主的支持。

幺爹会拎出一壶酒，大人们开始玩五峰特有的花牌，彼时没有钱输，赢牌的奖励是喝一口酒，桌上的 4 个人共饮一杯，谁赢了杯子就会挪到谁的面前，他们皱起眉头，看似痛苦地饮一口，再露出满足的表情，嘴里发出咂咂的声音，讲述自己是如何算准这把牌的。

幺爹牌艺其实很高，但他仿佛一直没有赢过。我看着杯子在另外 3 人面前不停地周转，始终没有转到他面前。直到黄昏散场后，幺爹收拢散在桌上的花牌，把塑料酒壶提起来在亮处转一转，打量下壶中余下的酒，再举起桌上的酒杯，饮下最后一口，满足地发出刚才那种咂咂的声音。

回想这段往事中的人生智慧，我意识到清泉村人的谦让和彼此认同，其实沉潜在自己的血液中，只有我才能感受马秦锋不停让我多吃肉这句话本身具有的光彩。

今年回家过年时，我会带一瓶稻花香，我的出生，其实就是我的丰收时刻。

问安镇的姑娘

　　1999年秋天到2000年秋天的全部时光，我都在清泉村。一年前我离开傅家堰中学后，正努力地成为一个农民。

　　农村的时光难熬，母亲只用了几个月就抚平了我不能继续读书的内疚感，把之前对待我的宽容挪到了猪和鸡身上。

　　从地里收工回来，我已经饿瘫在稻场边，但放下锄头后的母亲要先剁猪草，有节奏的梆梆声让人听得出这位从小开始操劳的优秀农民内心从容平静，对自己儿子的哼哼叽叽不以为意。家里的鸡也很势利，趾高气扬地围着我觅食。它们回圈很久后我的晚饭才端上灶台。

　　次日凌晨母亲又会说着夹杂嘲讽的语句用力拍我的房间门，催我下地干活。

　　我没有什么人生规划，更不知道自己的出路在哪里，不过17岁的少年总是自命不凡，渴望浪迹远方。同龄的小伙伴们多半已经离开了清泉村，回家过年时我央求他们也能带我出门。

　　正月初八后伙伴们相继离开，我拿着家里看时节的日历，开始频繁地去关刀崖山脚的鲍小光家打电话。其实一年间我参与了所有庄稼的播种及收割，知道霜降一到要开始种小麦，小寒大寒间要把洋芋掩到地里，惊蛰前后要往田地里送粪积肥，因为清明要开始播种玉米。

所以，我需要带着这本日历是因为上面记着很多小伙伴的联系方式。彼时没有手机，很多不同区号的电话号码就是我的前途，我无比期待，可能因为这其中的某一个电话，即日我就能收拾行李，风尘仆仆地赶往宜昌或是更远的地方——

芒种未过，日历上能顺利拨通的电话就只有在宜昌小南京餐厅后厨打杂的堂哥和福建的同学张小峰的了。

张小峰辍学后就随着他表姐去了福建，做数控机床加工。我不理解一个初中毕业，而且在学校成绩跟我一样差的人，居然能操作电脑。他的工作在我眼中很难很难，每每向他开口我都没有底气。小峰虽会很爽快地答应，但接着会问我："你会不会电脑？会不会编程？"

我说这些不会，不过我才修好了一台电饭煲，还会调卫星锅接收器的高频头。他说这不行，必须得会电脑。

夏至起我开始一心拨打堂哥的电话。

这是清泉村的第一部公用电话，收费很贵，接通和拨打都是2块钱1分钟。拨通电话后要等一段时间才能听到堂哥的声音，我盯着电话机小屏幕不断跃进的数字，算着手里零碎的钱。守电话的阿姨谨慎，很少让别人握到话筒，我只能歪着脑袋尽量把耳朵贴近听筒。1999年宜昌小南京餐厅前台有3位服务员，听筒里能听见她们嗑瓜子聊天，讨论4间包房的卫生如何分工，评价彼此的衣服和每月工资如何开销。

等待的时间漫长且具体，树叶落尽后，在空旷田野中潜滋暗长的洋芋破土发芽，亲眼看着玉米种在身边。后来洋芋的碧绿色藤蔓倒伏变黄，新洋芋又盛在碗里了，小南京餐馆的老板依然没有给我机会。

但在一季洋芋的荣枯间，我通过话筒中传来的聊天记住了3位服务员中有位姑娘姓付，枝江市问安镇人，她接电话时的口吻亲切有礼貌。也许是因为阿姨握着听筒，电话中的回话多数含混不清，一些我曾经熟悉的朋友的声音传来，我都需要用心辨识，唯独这个女孩子，她带着枝江的儿化音的回复清晰利落，她会把"您找谁"中的"您"说成"俩儿"，她把话筒放在吧台上时也听不到咚的声响，最关键的是我说明用意后她会飞快地跑到后厨去叫堂哥，她在堂哥到达电话旁前，会用刚才亲切的语调安慰我："俩儿等一下，你哥马上就来了咧。"

这些儿化音像惊蛰过后改向的风，淡化了我等待中的焦虑，也驱散了一些我求人帮助时的忐忑不安。如果堂哥刚好在附近，我能听见她叫"张师傅，俩儿接电话！"不像另两个女孩大声腔喊"后厨打杂的谁谁，有人找"，然后咚的一声把电话搁在了吧台上。所以，我每次都期待是这位姑娘接到电话，因为她能帮我省出一包烟钱。

如果堂哥不在餐馆，她还会询问我有什么事，需不需要帮忙转达。

我拿着这本日历无数次地往返，终于能让阿姨放心地把电话听筒交给我了。我开始更为清晰地听到她们的声音，也是在这种清晰中我深知离开清泉村的希望变得渺茫。

问安镇的女孩在若干次的回复中，知道了我去电的用意，她一如既往地亲切，但开始暗示餐馆其实不需要两名打杂的，老板已经很厌烦堂哥经常跑到吧台来听电话。挂掉电话前，姑娘用了一个设问句，告诉我在什么时段打电话最方便。

秋分后，电话接通时我发现自己内心深处不希望堂哥能马上拿到话筒。这个电话的本意之外积攒了一层神秘的紧张，我捏着发汗的几枚硬币，用心追捕电话另一头自己期待的声音。

几次三番，我甚至能理解她方言中特殊的形容词，她用"炮"代替单位"十"。这本是一个粗鄙的字眼，现在在一位姑娘柔弱的语调里，在一句尾调下行且有儿化音的问安镇方言中，变得婉转动听，意味悠扬。

这天打完电话回家时已完全天黑，我把路边的杂草点燃，借着火光赶路。没有柴力的火焰忽闪忽灭，让本就不平的山路更加坎坷。好在熄灭前总有火星被风卷起，它们飘旋向上，嵌在低垂的天幕中成为离大地很近的星星。

2018年我在宜昌经营一家包装厂，有位女性客户找我订货，我们为款项支付方式僵持很久，各方说了若干保障，但终究没有达到平衡。订单谈崩前，这位姐姐接了一个电话，她起身站在门口，点了一支烟，用家乡话开始和对方交流，在她语调中的细微处，我捕捉到区别于五峰话的儿化音，这声音在我繁杂记忆的尘垢中闪现出的微弱的光，最初像是嵌在天幕中离大地很近的星星，随着她通话的时长变成了明艳的朝阳，穿过铅块状云霭间的缝隙，朗照在初次见面时轻浅的信任感上。

我确定她是问安镇人。

这单业务进行得十分顺利，付清尾款后客户依然好奇，问当

清泉村·宜昌城 | 193

时怎么忽然就妥协了？

我问："您是不是枝江问安人？"

她说："是的，我在问安一直读完了高中。"

我说："问安是个好地方，很多年前认识位朋友也是问安人，说话声音悦耳，还帮我节省了许多电话费。"

曾经的姑娘，我不知道你今在何处，天涯咫尺，但有人一直记得你的善良。

祖波哥哥

1996年的夏天，我在桥坪小学读完六年级，等待9月开学去傅家堰读初中。

这个假期没有暑假作业。没有作业的暑假，太阳落了很久后天依然明媚，时间像刚学会走路的婴儿，蹒跚前行。

泗洋河对面的桥料村刚装了一个电视转播站，可以收到除了长阳县转播的中央一台之外的山东台，新闻联播结束后山东台会放两集《甘十九妹》。

家里没有电视机，漫长的黄昏我都在屋口的横路上等待祖波哥哥。他是我堂哥，他家也没有电视机。我拿着根比自己矮一点儿的硬木棍，比画着电视中阮行的招式。《甘十九妹》的前半段我更喜欢阮行，因为他能时刻和甘十九妹在一起，另外尹剑平还没有遇到吴老太太，武功不高，一路被追打。

祖波哥哥出现在横路尽头柏树下时，他的口哨声已经越过路旁高高低低的庄稼传来很久。他是清泉村第一个学会片尾曲《如果来生还是今世的重复》的人，相对于唱，我更愿听他吹口哨。

祖波哥哥的口哨响亮而且音色特别,他把舌头抵在牙缝间,发出类似"嘶"的响声,随旋律的起伏流畅变换,能发出音域宽广、音程跃动很大的口哨声。间隔 25 年后的此刻,我还能经常回想起这种我一直模仿但没有学会的特殊哨音。

我这位堂哥在村里人缘极好,他带我去的任何一家,主人都会热情地搬出椅子请我们坐,接着拍着腿恼火地向祖波哥哥询问:"波儿,你说这尹剑平什么时候能打过阮行?"年少的祖波哥哥是清泉村少有的喜欢看书的人,特别是武侠小说,他知道许多别人不知道的事情。

阮行成为反派后,我俩几乎固定去桐树井后面的一户人家看电视。这家人更客气,经常端出瓜子和茶,我们离开时还会特意地把堂屋门打开,明亮的灯光从门框中倾泻出来,照亮了很长的一段路,狗都不吠了主人还在喊:"波儿,明儿早点来咧。"

如果电视台没有转播好看的电视剧,祖波哥哥就在家纺制棕绳。他把棕树上的叶柄割下晒干,用一只小铁钉耙拉出细长的棕丝,再把它们捻成单股的索线,紧紧盘在可以旋转的像蝴蝶形状的篾具上,放置几日后在稻场角的电线杆上固定住索线的一端,两手各持一支蝴蝶形状的篾具,两股棕索线在旋转中拧成一股或是几股,随着脚步的后退不断延长。这些耐磨耐腐的棕绳用途很广。

制作棕绳的所有工具都是他自己做的,祖波哥哥有好些别人要花几年但他看几眼就会的手艺。

我读初中后祖波哥哥开始做小生意,他把清泉村的黄豆和鸡蛋收起来,背到邻县的渔峡口镇卖。黄昏后我依然会等待他一块儿找电视看。祖波哥哥比以往更受欢迎,他早上背到渔峡口镇的多数东西是赊欠来的，卖了之后才会付给主人钱。

祖波哥哥从身上灰色的中山装内衬中掏出一把零碎的钞票，一张一张数给别人。他算账很快，但偶尔会抬起头看看我，也许是想我帮忙验证一下，然后才轻轻说出钱的数字。不过我总要好久才能算出结果，这时零碎的钞票已转到了主人手上，多数人不会再数，将钱握成一把豪气地讲："哎，波儿你搞得太生分。"然后客气地端出茶来，询问他在渔峡口街上有没有看到自己某位亲戚。

在这期间，祖波哥哥带我去过几回渔峡口镇，有好几次是3个人一起。

桐树井后热情招待我们看《甘十九妹》的这户人家有位女儿，她和祖波哥哥年龄差不多，她总是和祖波哥哥做着同样的事情——收黄豆和鸡蛋，年底村里开始杀年猪时，又去每家收猪的小肠。他俩沿途都在讨论哪家铺子收货价格更高，哪个老板的秤尾拉得平。

最初我很厌烦这位姑娘，感觉她像个跟屁虫，还赚了本应是祖波哥哥赚的钱。不过某日我们走到能看到清江的庙坪村口，朝霞刚好从板壁岩山顶的隘口喷涌而出，金色的阳光飘洒一地，把这对年轻人布满细密汗珠的面庞映照得明亮干净，姑娘大方地伸过衣袖给祖波哥哥擦汗。

返回时她还买了3瓶叫麦饭石的饮料，几次三番，我无比喜欢她，在没有认识现在的嫂子前，我认为这位姑娘肯定会嫁给祖波哥哥。

1999年的夏天，我告别了学生这个体面的称谓，开始跟在祖波哥哥后头学做生意。这年家里买了电视机，我找不到之前渴望

清泉村·宜昌城 | 197

中的喜悦，还是跟着祖波哥哥在村里找电视看。年底我用贩药材的钱买了一套新衣服，祖波哥哥依然穿着那件已经褪色的灰色中山服，看着村里与自己同龄的人娶妻，或是出嫁……

一年后我俩相继离开了清泉村。这年祖波哥哥已经32岁，他去了广州，我去了北方。我们只在过年时相聚，几兄弟就着火塘中烧熟的土豆通宵打花牌，然后又在正月分开。

2006年，祖波哥哥在宜昌落脚，和我一样干装修，实诚和聪明让这名粉刷匠有干不完的活。

去年阳历的第一天，祖波哥哥在凌晨来电，泣声说大妈去世了。

电话里他的悲伤还没有沉潜下去，是的，没有人能平静地面对自己的母亲过世。

真诚地讲，我在等待这个电话，大妈是祖波哥哥的母亲，生病多年，那几天尤为严重。

葬礼在清泉村他家的老屋举行，离我家500米路程，我是晚辈，需要守夜。

这天清泉村有几家事宴，这个凋敝的村庄人本来就不多，大妈伯伯往日又疏于处理周边的人情事故，我担心葬礼不会太热闹，但黄昏后没多久，熟悉的乡邻居然站满了整个稻场。与其说大家是来送大妈最后一程，不如说是对祖波哥哥人品的认同。

在清泉村，这是对别人的最高赞誉。

下半夜的乡村能体味到自然界真正的静谧，泗洋河水在行进中撞击到崖旁的峭石，哗哗声中夹杂着瑟瑟的风响，我听祖波哥哥轻声讲述大妈最后的时光。他偶尔停顿时会无措地绞着双手，慢慢地，我忽略了他的讲述，眼前这位年近半百的中年人有清泉村人特有的坦率。这种很久没有体验到的坦率驱走了浮在美好记忆之上繁杂但很淡薄的若干经历，毫无阻挡地进入往事的深处。

往事中闪烁着祖波哥哥年少时的影子，回望这些时光，除了几集《甘十九妹》，他其实没有多少闲暇轻快的日子。

他们兄弟姐妹 4 人，祖波哥哥是老二，上面是早早嫁到邻县的姐姐。伯父把他半生的精力投放在屋后的一口水井上，早上在挖这口水井，下午还在挖这口井，春天和秋天依旧在挖水井。一块陡峭的坡地中间掘出近两米宽，10 来米深的缺口，前头堆着的浮土有一栋房子那么高，巨大的开挖量也耗尽了伯父的劳力，这口井除了偶尔流出一小潭凉水，没能为他们家实际分担到什么，所以祖波哥哥很小很小的时候，就是这一家人的指望。他用纺制棕绳和做小生意赚来的钱维系这个家所有的开支，甚至资助妹妹学了 3 年裁缝。

但那件灰色的中山装上衣，从我记事起，到我离开清泉村，仿佛一直在他身上。

现在每年的端午和中秋，我都会去看看祖波哥哥，贤惠的嫂子把开间很小的客厅收拾得很整洁，我们面对面坐着聊天时能清晰看到祖波哥哥布满细小雀斑的脸。他喜欢笑，笑着讲所有的事，过去的或现在的，从清泉村到宜昌城，祖波哥哥永远保持着安之若素的精神状态，没有一件需要后悔的事情。他用这种笑容在世间存身，每见他一次，我对他的仰慕和得到的某种启示就加深一层。

因为祖波哥哥，我对生活充满敬畏和感激。他是一位任何方面都比我强的人，只是我俩处在不同的时代，祖波哥哥得到的，比我少了太多太多。

蔡师傅

蔡师傅的餐馆位置很好，冲着卷帘门平缓而来的马路在这里有个陡急的左转弯。门口的几步台阶用红砖垫平了，最右侧是单眼蜂窝煤炉，支着的大锅顶着3组笼屉，笼屉里是小笼包和烧麦，蒸腾出松针叶香味的雾气中晃着一排排穿着校服的学生。沿着陡急的路往上就是五峰一中，学生都会沿着这条路去上学。中间是3眼蜂窝煤炉，置着的大平底锅中满是菜籽油，浸煎着炕饼。凌晨发面时蔡师傅便往里加了猪油，几小时反复揉过的面饼被油锅加热后迅速隆起，外壳焦黄内层松软，学生情愿早起排队，也会等待蔡师傅的炕饼。这是城关镇最好吃的炕饼。

或许是五峰的山实在是太大，天池河沿岸所有房屋都略显单薄。这栋房子也不例外，就里外两间。我学的是红案，另外也担心遇到来吃早餐的学生中有初中同学，所以我一般会待在里间准备中午的菜。

几天前我还在天龙市场对面的巷子深当墩子师傅，下班后如往常一样跟师兄在电影院门口打台球。

虽然不知道五峰县的县长是谁,但我们认识城关镇上能叫出名的餐馆里所有学徒,就连谁家后厨有台柴油灶、谁和服务员在谈恋爱我们都清楚。跟着蔡师傅学白案的小伍走过来时,我问他怎么不睡觉。

做白案下午睡得都很早,毕竟半夜就要起来和面做包子。小伍说蔡师傅准备招个红案师傅,想请我去。

我在巷子深餐馆最初的工作是后厨打杂,洗碗洗菜刷盘子削土豆烧肉杀鱼等,这些事情得干满一年,才能去当墩子师傅开始切菜。有一天师兄和师傅吵了起来,师傅一耳光抽走师兄后,我才从打杂挪到墩子前。师傅偶尔喝醉后或是客人特别多时,我才有机会上灶炒炒菜,现在忽然就去当师傅,很心虚,我回复他说只怕要等等,自己还没有炒过几盘菜。

小伍走的时候举起两只手,他伸着的指头在晃动的白炽灯下出现几个重影,我没有数过来。他开腔说,开600哟。

他走之后我再也没有打进去一个球,离开时老板走过来打招呼,说张师傅明天再来玩。这里一共有十几张台球桌,喧杂的场景中我意外清晰地听到了"张师傅"3个字,之前他一直叫我小张的,而且走远后仿佛又听到有人在叫。

起初我没想离开,几周后在天池菜市场卖牛肉的摊位前遇见了蔡师傅,他和我是厨师中少有戴着眼镜的,眼镜在炒菜时极其不方便,锅里的热气令镜片白茫茫后,别说盐和糖了,水和油都分不清。我俩最开始只是交流眼镜起雾后该如何处理,闲谈几句后卖牛肉的摊主听出了蔡师傅的意思,他忽然举起剁牛骨头的宽背砍刀冲向我,粗鄙的话语中包裹着五峰山区人自有的关爱,几乎是吼着重复了几句:"你要听蔡师傅的。"

也许是那把冷峭的砍骨刀驱走了我的心虚和忐忑,几天后,我离开了巷子深。

到蔡师傅餐馆上班后,我才了解白案的辛苦。

蔡师傅每天4点起床,他的房子租在一中门口,顶着小镇三五盏寥落的路灯哗啦啦地升起卷帘门,在别人的睡梦中敲开封火的煤泥,扛起和自己一样重的面粉倒在案板上。案板很宽,筋道的老面又把力量传授给了每一粒面粉,瘦弱的蔡师傅踮着脚让重心前倾,借助身体的重量才能撑开面团,无数次的反复搓揉耗去了他不少的体力。面团摔打在厚案板上时发出的沉闷声响唤醒了路灯,它们全部亮起,早起的学生穿着醒目的校服在晨光中走过来。这是蔡师傅餐馆的第一批客人,他们多会选择炕饼,套在一个纸袋子里边吃边赶路。

路灯熄灭,黎明能画出五峰山时,外间坐满了人。这些是在小镇上班的公职人员——餐馆往前几步路是当时的五峰县政府,他们会点一屉小笼包和一碗海带汤。

客人点了小笼包后蔡师傅总会先端起烧麦的笼屉看一下,如果是点的烧麦他又会端起小笼包的笼屉。我以为他没有记住,去提醒说左边是包子右边是烧麦,蔡师傅笑着回答说:"记得记得,主要想揭开看看,看看它们我就很解乏,另外顺便敞下气,让客人也闻一闻。"

蔡师傅用前胛的五花肉剁成包子馅儿,浇上肉皮熬制的汤汁,食材的香味随着包子顶端面皮的绽裂,在热气中翻回转动。笼屉被揭开的一瞬间,香味像是埋伏时听到冲锋号的士兵,奔涌而出。

他用这种诚实的办法吸引了许多食客,早餐延续到上午10

点左右才能结束。

相对蔡师傅精湛的白案手艺，刚离开师傅的我红案逊色太多，所以中晚餐，蔡师傅餐馆没有多少客人，几次三番后我有点儿沮丧，早上吃包子变得拘谨，只敢吃客人剩下来的。

离开蔡师傅餐馆的前一个星期，他带我去买菜，并告诉我说中午有一桌客人，从天池市场出来，路过我曾经学艺的巷子深餐馆。蔡师傅用他平和的笑容对我讲："离开是对的，五峰城关没有值得你学3年艺的师傅。"

我在蔡师傅餐馆的第一桌客人，也是我厨师生涯中的第一桌客人，是五峰建行留守的工作人员，他们的营业部就在隔壁，但已从五峰县撤离。这位身材魁梧的客人为自己的儿子点了一只香酥鸡，吃完后特地带着儿子走到厨房，专程给我说了谢谢，赞美味道不错，临走时回头说下回再来时，记得少放一点点辣椒，说一点点时他还把拇指和食指捏在一起，留出一个非常小的缝隙，表示微不足道的少。

这位食客的评论给了我不少信心，我也成了一名真正的厨师，面对这个意外的结果，我很开心，开心一会儿后又有些失落。我并不热爱厨师这个行业，学厨师只是想离开清泉村，因为我不想种一辈子的地。我坐在餐馆前面的台阶上抽烟，这时我18岁，在浅薄和单纯的认知中，不会有理想以及将来这种字眼，如果非要在混沌的心海中找寻一点点念想，那就是成为蔡师傅这样的老板。他是一位很勤劳很幸福的人，有着拥有充足自信心的那种从容平和，他对所有的人都面带微笑，能利索地把小笼包或是烧麦放在客人面前，并询问客人要不要加一碗汤。

蔡师傅的妻子很漂亮，说话声音轻，她上午会带着女儿来到餐馆。不同于其他餐馆的老板娘，她不会安排我们做任何事情。早餐结束后蔡师傅在前厅的餐桌上把钱捋顺叠成一沓，递给妻子，伸手抱起女儿，让女儿吹下自己长期做包子后患有腱鞘炎的大拇指关节。美丽的老板娘会认真地数一遍钱，数的过程中嗔怨蔡师傅以后能不能少做点包子！这个温馨的场景很打动人，当时我正暗恋巷子深餐馆的服务员，甚至想哪天如果开了一家餐厅，会和蔡师傅一样不让自己的妻子干活。

在我离开五峰城关后完全忘了这些，在今天，我十分不解为什么能如此清晰地记起蔡师傅和这些事，仿佛从没有因为间隔30余年的时间而蒙垢或是淡薄。我开始回忆时，他们总能按照我的意愿从四面八方涌聚过来且自己排好序，如发生时那般的鲜活和生动。当初简单的对话和点头时展露在脸上的笑容，更让我能领悟出深广和非凡的意义。

几天前看神舟十五号发射升空，得知近50吨的空间站只需要4台0.08牛顿的推进器，就是吹动一张白纸时的力量，如此宏大的成就最终所需要的动力小到叫人惊奇。

再回想到微小若尘的自己，父母和学校曾是保护我的大气层，只不过太早离开，就像一颗没有任何动力的卫星，独自背负着自卑和遗憾进入茫茫太空，没有计划、没有目标地在晦暗的夜空中飘游。

此后遇见的每位陌生人，我们之间的一个笑容、一句未赋太深情感的话，就是那0.08牛顿的推进器，也是这种小到不经意的力量，开始推动许多人沉重的一生并使之远行。

宇宙浩渺，其实我们不会轻易地遇见，每次遇见，意义都举足轻重。蔡师傅和他建行的朋友，还有他们给予的表扬，让我在人生征程的起初,受到了鼓舞,他们表现出的平和及真诚,成了我最珍贵的意志。

只有当我们具有一点点的人生智慧后,再回想起这些过往,才能看见他们在闪闪发光。一垄成熟的小麦需要感谢大地、感谢阳光,还需感谢花蕊刚刚展开时,恰好吹过来的那阵温和的晚风。

15 公里

一

2009 年，我在三峡机场附近的黄龙寺村租了一处工厂经营木材，同时做包装生意。我喜欢把车停在马鬃岭上休息，眼前铺展着经整个春天蓄势后又饱饮初夏两天一夜雨水的绿色大地，或许更应该叫丘陵。这里视线很好，长江公路大桥红色桥墩和车流滚滚的汉宜高速尽收眼底。阴天升起的岚气让最远处一排排的山峦只留下几组富有弹性的线条，延绵时露出的缺口处静立着密密高楼，那是我生活了 18 年的宜昌市，它们和山峦顶着下完雨后广漠的天空。

从马鬃岭到中南路的家 15 公里，走高速或是峡洲大道均约 20 分钟，前年 5 月我换的这台车，里程表显示 6 万余公里。疫情之后我很少离开宜昌市，6 万公里多数由这 15 公里路程填满，这些具体的数字更像是一只容器，置放着我两年来的生活。

人至中年，时间像是长江公路大桥下表面平静的大江，不知所措的虚空和沉郁裹挟着曾经灿烂的青春暗自奔流，不着痕迹地向前。偶尔出现的温暖和值得的记忆被排遣到了天边，更多的一去杳然，平淡发酵成了平庸。它们集结成团，将少年时对未来的向往悉数捕杀，就像混凝土残酷地填埋了曾经长满碧绿车前草的小路。

这 10 年间，我收获了不少，但失去的仿佛更多。

二

我的家乡在天际线的更深处，五峰县清泉村。初一时我开始学习地理，起初对这门学科十分上心，一心想弄清清泉村和炉子坡村的分界线在哪里。半学期过去后我异常失望，地理课本上除了很拗口、很陌生的地名和诸多国家分界线，连张五峰县的地图都没有，更不用提傅家堰乡了。

以前我每年都要沿着清泉村旁的山脊往上走到大龙坪村的幺姨家，这段路 15 公里，步行需要 4 小时左右。离开熟悉的地方后，我便不停地问母亲炉子坡村到了没有？母亲被问得不耐烦，搪塞说前面就到，两村的界线在母亲口中每年都不一样，有时候是几块连着的石头或是一条被丝茅草掩住的小路，有些时候是一棵长相出众的树。

我在意这些界线是因为当时的自己对不熟悉的地方怀有莫大的好奇心，总想知道清泉村外的凌晨和黄昏是如何连接在一起。对路过的地方也有种难以名状的感情，看到路边陌生的房子，就猜测这户人家会不会有和自己一样大的小孩儿，他们会不会在屋旁露出来的大石头上玩耍，会不会爬上开满白色小花的柚子树。

这些地方的天空布满火烧云时,会不会有一排排的蜻蜓飞来……

到了炉子坡村口就能鸟瞰大半个清泉村,每天见的房屋和相对褐色熟田泛出白色光泽的小路呈另一种景象悉数展现在眼前。这些场景10来年没有变化,风依然从清江北岸吹来,今年的冬天总是重复去年冬天的样子,有时会感觉时间也许静止了。我眯起眼睛举起撑开的瘦小手掌,清泉村的每条路都能容纳在指缝间,像手上清晰的脉络,无论这条路有多远,我都知道这条路通向了何处。峭立着几百丈高的板壁岩已然高不过我的食指,我能握下这温情的村庄,这也是我12岁之前的全部世界。

路在山巅转向进入一片粗矮的松树林,顶着树冠的银色躯干没有横向枝条,视线越过树干间空隙能延伸很远。母亲不再限制我必须活动在她手臂能触及的范围之内,山区罕见的单一植被排列出的气势掩埋了翻山越岭的疲惫,我雀跃地奔跑在叠满枯黄松针的林地,从高处滚向把背篓靠在路边休息的母亲。如果是冬天,海拔1600多米的松林被冰雪覆盖,近黑色的松针上挂着长长的泛出绿色的冰凌,夜风硬化了厚厚积雪的表层,姐姐把我的脑袋摁在雪面上拓出五官,然后用木棍教我写上自己的名字。

穿过这片松林,就到了家芳三姑的家。几座拱起的小山岗中间横着一条冲,冲里长满百纳烟叶或高粱。这里的土质地细密黏性好,很适合夯墙,被铁杵击打后比用白石灰粉过的墙面还光滑。家芳三姑家有一座很宽敞的土墙屋,屋前的稻场被一堵很高的石坎撑得方正平整,厢房横在稻场一侧,去幺姨家的路被厢房挡住后改了方向。平行厢房走到山墙下转弯,就能听到她家的狗吠,这条狗的叫声嘹亮,整条冲都有回响。我开始期待,希望家芳三姑听到狗叫会站在屋檐下,她看到是我会快步迎上来亲热地叫我小名："是二林，是二林，你去看幺姨呀，来来来，歇一会儿再走。"

家芳三姑拉住我的手后朝山墙下的路上张望，接着问："二姐没有上来？"她期盼的二姐就是我母亲，家芳三姑和母亲是发小。

姐姐12岁后母亲就不再随行，我们姐弟开始独立走这15公里。

但见到家芳三姑依然是我最大的期待，尤其是在正月。

家芳三姑家境殷实，姑爹是老师，放在墙角桌子上的零食丰盛，她家每年过年都会做白糖饼子。在整个傅家堰乡，能买白糖来做饼子的不会太多。

母亲在腊月也会自己用苞谷面和麦芽熬成糖做饼子，但麦芽糖味厚，颜色沉还齁甜，和面时又会放猪油，饼子嚼在嘴里硬实干板，撑开喉咙好不容易咽下去时发现牙齿上还粘着一大半。

白糖做的饼子不仅色泽乳白，口感松软糯香，还易下喉。

正月遇到家芳三姑，意味着我能吃到平时很少见的零食和白糖饼子。这位和蔼的长辈像爱自己的孩子一样爱着儿时伙伴的孩子。她拉着我的手走进火塘屋，高山的柴比河底的柴好，这又是很富裕的一家，栗木劈柴燃烧时绽开的火焰映亮了整个房间，泥土夯的墙保暖，家芳三姑帮我脱掉棉袄，用火钳把核桃埋进暗红色的劈柴灰里，把各样的饼干和糖塞满我两只手，才返身去里屋拿出一叠白糖饼子，看着我吃完，走的时候还会往我背篓里塞一些。

从她家拐过厢房走到大路上时，我便会从背篓里翻出两个白糖饼子拿到手上，群山顶的村庄天空偌大，蓝天上飘着干净的白云，我把饼子举到眼前，很少体验的香甜让我感觉这个饼子呈半透明状，能看到白糖饼子里在烘烤时形成的均匀蜂窝，还有透过蜂窝折射过来的光。

　　回到家之后，母亲看到半背篓白糖饼子就知道我们到了家芳三姑家。最开始她只是反复叮嘱我们要有礼貌，长大些母亲告诉我们在炉子坡村的某个岔路口转弯，从家芳三姑屋后面走。我其实也知道这条路，但自尊心显然敌不过白糖饼子的香甜，便说绕路时家芳三姑家的狗先发现我了。

　　接近大龙坪村也有一片松树林，但在这里已经能看到平整的庄稼，还有倚靠在浑圆山梁边的房子，走过那几户人家就到了幺姨家。我们不再关心路两侧的松林，一路小跑地奔向这位最和蔼的亲人。

三

　　14岁时我开始在傅家堰中学寄读。从清泉村出发到这所初中，也是15公里，往幺姨家是沿关刀岩山脊往上，我上学则是翻过村侧的山岗朝着泗洋河上流走，从白庙村越过一个叫高崖的地方到学校。白庙村盛产柑橘，路旁橘树的枝条甚至伸到了路中间开花结果。

　　14岁的少年像刚加满整箱油的车，认为自己能到达到任何地方，对近处的事情开始淡然，但除了这些在6月成熟的柑橘。

　　我时常肆无忌惮地钻进路边的橘树林，一边吃一边往背篓里扔，直到背篓里的橘子开始滚落时才依依不舍地回到路上。最初我认为这整个白庙村的橘子都是自己的，直到遇到这位叫方曼曼的女同学。

白庙村的土和炉子坡村的一样适合夯墙，方曼曼家和家芳三姑家一样也有一座阔气的土墙房，通往学校的路从她家门口过。因为我俩并不在一个班，第一次见到方曼曼，她在房间里擦窗户，我感觉这女孩有些面熟，便多望了几眼，她有山区孩子少有的自信和贵气。她一仰头把比阳光更明净的脸朝向我，随后把射过来的目光收集成束，就像刚刚磨过的镰刀切开逆光中的阴影，将我的好奇心斩落，我感觉自己被她的目光灼伤，双腿一软差点栽倒在她家的屋檐下。初中3年历次上学途中，我都不敢靠近这扇窗户。

不敢靠近的另一个原因是她父亲。这位面相极严厉的长者喜欢在雨天端坐在屋檐下，手里握着一根棍子。下雨天走路时脚上会粘泥，经过她家去学校的学生，能把用土填平的稻场中间踩出一条深沟。

我们在她屋边一冒头，就听到这位长者的呵斥："哎，走里头，要么走边边儿上。"

她父亲说走里头时用木棍在屋檐下划出一道印，屋檐下的台阶没有淋到雨不粘泥，稻场边上露着砌石坎的大石块，但我始终只敢走她家稻场的边上，我情愿淋雨，只因实在害怕这位漂亮女同学的眼神。

不仅如此，我在白庙村偷橘子时也没有了之前的潇洒，心里老是装着方曼曼凌厉的眼神和她父亲手里的木棍，心里不由得发虚，一边摘橘子一边不停地祈祷：这块田千万别是方曼曼家里的。

2020年我带着母亲和妻儿想去大龙坪村祭祖，母亲晕车，扶着车窗一路吐到白庙村，我停下车扶着母亲想去她家讨些热水。

这座房子已经翻新，开着比之前大很多的窗户，墙面贴着蓝白两色瓷砖，许多开在山里的花儿被移植到了稻场旁，一排排延伸到了门口马路两侧很远的位置，春风十里一路芳菲，繁华的场景有别于沿途的人家。

这位曾经我认为高冷的女同学，其实异常贤惠好客，她扶着我母亲坐下后，又吩咐女儿带我姑娘去里屋玩游戏。她把橙子剥去皮放在母亲手边，不停低头安慰佝偻着腰的母亲。

方曼曼的父亲向我介绍着曾经悉数被我们糟蹋过的橘园，有些怅然地说现在没有学生偷橘子了，现在的孩子少又很听话，关键他们都坐车上学，一股烟就过去了。

离开时方曼曼从车窗递过一个杯子，里面盛着新切的姜片，嘱咐母亲含住这些姜片能缓解晕车的痛苦。

之后每次回清泉村，我才4岁的女儿都记得这户门口种满鲜花的人家，里面有位小姐姐和一位漂亮的阿姨，能吃到新鲜的水果和零食。

四

幺姨在2008年举家搬到了五峰新县城，家芳三姑好像去了武汉。那段经炉子坡村15公里、我少时常走的路线，在不断延伸的、四通八达的水泥公路中耗尽了生气，几年未有访客，山顶葱郁的松树林松软的地面已被丝茅草完全占领，这段15公里存在我心里，没有随时间向前而印象变淡。家芳三姑和蔼的相貌和亲热的口吻，以及那座温暖的土墙屋经常出现在我的梦境中。路过白庙村那15公里的尽头是傅家堰中学，1999年夏天，我们在小卖部买了一个硬壳精装留言簿，封面上有很精致的句子，意喻大家都会有一个美好幸福的未来，留言簿被认真地在 4 个班级中平静温暖地传递。大家即将经历分别，十分正式地把少得可怜的信息填在属于自己的那一页，当初百分之八十的男同学在填写未来职业时，都写上了司机，我们认为司机是个好职业，成为司机后就不用再走这 15 公里山路。

大江、大桥、高速公路及闪烁着灯光的飞机航道，推平山头建起的厂房和高楼，其中的任何一项都比我少年时见到的场景宏伟，在傅家堰乡，我的双眼何时盛下过如此广袤的视界？眼前的高速公路连接着宜昌和上海，连接着祖国大地的任何城市。我在浩渺无垠中丈量出属于自己的 15 公里，我大概率会在这 15 公里的路上往返至自己的暮年，当曾经热烈的希望呈现出一个具象的实体时，我无限的人生马上变成了有限，这种获得后短暂的满足和随之而来的空落混合成的感觉，是如此的富有嚼劲且有着甘醇的回味。

在宜昌已安家 10 年余，换过两次房子，我从没有想过把户口迁出来。我怀念自己在一无所有的少年时对未来的憧憬、不受当下和时间束缚时那种无限的想象空间所带来的喜悦和自我期待，再对比已到不惑之年现状的拘谨和惶恐，户籍这个单薄的事物总能力所能及地安慰到我。那两条 15 公里的山路更是时间的堤岸，守护着流淌着的宁静的乡村时光，我人生长河的起初正是这些美丽的往事和善良的人，若想追寻，仅需在这条堤岸边上回望。傅家堰乡和清泉村都乖巧地静卧在时间长河的源头，明亮且立体，从没有受到任何侵蚀，且源源不断地发射出我向前所需要的能量。

父亲的茶机厂

一

我的父亲叫张泽恩。

我的父亲很严厉，严厉得接近残酷。他和我们说话时采用的句式很短，无论是平常说话或者愤怒时说话，几乎都是吼着。他在打我之前也没有预兆，突然走过来打一顿，我都不知道为什么会挨打，他也这样打姐姐。

父亲能娶到母亲，就是因为他是茶机厂的工人。

我还不能对抗父亲时很幸运他是茶机厂的工人，这样一年里除了春节，他都不会在清泉村的家里。一进腊月我就开始害怕，但在害怕中又有一些期待，害怕的是父亲会回来，期待的是父亲会把茶机厂发的过年物资全部带回家。茶机厂在很久前是五峰县最好的工厂，会发大米、水果及各种零食，甚至还有烟花。

短暂在家的父亲十分勤劳，会不停地做家务。

他先要铲去稻场边的杂草根，再从田里背回小石头把坑洼的地方填平，把排屋檐水的阳沟清理顺畅，最后加固猪圈屋的窗框，让鸡不能从缝隙中飞出来。父亲干这些活其实很外行，他用很大的力气干这些琐事，就像全身挂满着铅块，面部表情更像是用铁拧出来的，他一边干活一边很粗鲁地骂着，数落母亲平日没有好好经管。父亲在清泉村的日子里，我的心都在嗓子眼，生怕他走过来打我一顿或是被叫过去帮忙。

在我 30 岁之前，对这位茶机厂的工人并没有太多与其相处的意愿。

父亲每年寒暑假又会带我和姐姐离开清泉村，去县城里的茶机厂住一段时间。

我们走到阳光村才能坐上班车，泪眼婆娑的母亲在鸭儿坪村与我分开，她告诫我每天下午要少喝水、晚上不要尿床等，她深知与父亲相处的艰难，又希望我们能到县城见见世面。我无比落寞地和比往常稍微温和些的父亲走到阳光村，乘坐开往县城的班车，沿途有父亲的熟人很热情地走过来打招呼，感谢父亲曾在茶机厂留宿过自己。我感觉父亲好像把本不多的热情都用到了别人身上，他露着十分干净的牙笑着邀请道：如果下次再进城，尽管去打扰。路过一些溪流漫过路面时，父亲不会像母亲一样把我顶在脖子上，他很快蹚过去，并催促我快点走。

班车翻过沙子垭到县城需要六七个小时，我靠着窗户听父亲与司机聊天。这趟车的客人变化不大，他们也都知道父亲在茶机厂上班，会向父亲讨要一些铁制农具。

黄昏前我们到了车水马龙的城关镇，司机会把我们送到茶机厂门口。天池河把城关镇分成了南北两部分，茶机厂沿着天池河呈一个三角形建在五峰山脚下，走过这座专为茶机厂而建的桥就算进入了厂区，桥头有一座用粗铁管焊成的弧形门洞。

门洞上面顶着五峰茶机厂几个字，这些字是用焊枪从厚钢板上切割出来的，格外刚劲有力。

二

父亲的宿舍在桥右边，一栋长长的用石头砌成的四层筒子楼。这楼符合20世纪六七十年代特有的缺乏想象力建筑的一切特征，除了牢固再也没有优点，10来平方米的单间规规整整地分布在过道两侧。光只能从楼梯间的窗户穿进来，水泥地面又吸收了这些光，更加重了狭长过道的阴影，虽然灯泡整天亮着，还是看不清是谁从对面走过来。

父亲住在这栋楼的正中间，房间里的陈设很简单。我唯一记住的就是一张桌子一组碗柜和放在角落的床，桌子底下大号的电炉子和挂在墙上的锅，这些就是养活父亲半生所有的炊具。这位长期独居的工人十分整洁，他把碗洗净后倒扣在桌上，然后用比我洗脸毛巾更干净的抹布盖上，墙上系着一根铁丝，这根铁丝显露出了父亲的钳工本色，它绷得非常直，铁丝越过床上空的部分挂着几件衣服，这些衣服也没能让铁丝有丝毫负重的感觉，它笔直地向前直到另一面墙壁上。

进屋后父亲收拾好简单的行李，随后取下锅架在电炉子上，炒从清泉家里带来的腊肉。我不敢走开，担心他会大声吼着叫我回来吃饭，待在房间我又不能帮忙，只得半个屁股搁在椅子上，战战兢兢地盯着父亲。

当晚父亲有夜班，他要去茶机厂尽头的翻砂车间，一个化铁的炉子立在靠河的一侧,明晃晃的大功率白炽灯泡让墙壁上沉满灰垢的车间都如同白昼。穿着帆布工作服的工人举着铁锤准确地击打在块煤的矸石上,扬起的灰尘让车间所有的人和物都包裹着月晕般的光圈。我远远地看着父亲,他正努力用锹把煤铲进通红的炉膛,一架启动时都有几处火花先亮起的航车缓缓向前移动,它在停顿前先得发出两声咣咣声,航车垂下的偌大的铁钩挂住炉顶架着的铁桶,挪到车间中央后铁桶被翻转,和深秋的朝日一样亮红的铁水被注进一只只模具,青烟从模具的缝隙处带着土咸味升腾起来,强光以及金属击打时发出的声音让黑夜没有太多机会展现自己。父亲在凌晨下班,虽然奔波一天又工作到半夜,他严肃的脸上仍然看不出倦色。

翻砂车间隔壁是一栋四周未被墙封住的厂房,木房梁上盖着青瓦,那些被模具固定成型冷却后的翻砂件堆在一起,铁青色的表面被雨水浸湿,慢慢生出一层薄薄的红锈。父亲偶尔也会在这里干活,他戴着口罩拿着砂轮机打磨铸件在翻砂过程中留下的小刺棱和表面的浮锈。这些红色的灰尘被高速旋转的砂轮片形成的劲风卷起来后遮天蔽日,父亲挥手示意我离开,继续向前走我就从后门离开了厂区。这里积满了山表风化后落下的青褐色小石子,小石子继续风化后成了砂土,可以长出庄稼。茶机厂周围那些不够建造成车间和宿舍的区域被和父亲一样勤劳的工人都平成了菜园,所以茶机厂的后门外有一垄垄精致的菜地。越过这些菜地就能看到天池河,一路湍流的河水在这里稍有停顿,滞留成一处可以游泳的潭,夏天茶机厂下班后年轻的工人大多都会来此处,险峭的河堤被踩出了宽阔的台阶,河对面是五峰镇小学。在清泉村父亲揍我时,会反复提到这所学校里一名叫黄良虎的学生。他是茶机厂的子弟，优异的成绩让父亲对不太成器的我下手更重，更恐怖的是父亲曾几次想把我转到这里来读书，所以看到这所梦魇般的学校，我便打着冷战折身返回。

三

经常加班至深夜的父亲次日依然会早起。与他和母亲起早去地里干活时轻手轻脚穿衣出门截然不同，他几乎是用辱骂的语句催我起床，从叠被子到我的穿着，父亲不断地用很重的语气呵斥。他也会把对我的失望转嫁到母亲身上，骂完我后总有附加骂母亲的语句。有几次帮我整理衣领时，每天要铲几吨煤、拿着转动的打磨机手都不晃动的父亲直接把我拎了起来，他左右轻微地摆动就能把我甩出几米远，差点撞到墙上。

这段艰难的过程结束后我们要去食堂，出了宿舍就能看到茶机厂的篮球场，球拍在地面上发出的梆梆声终于吸引了他的注意，父亲不再理会我，偶尔还会露出在路上遇见熟人时那种罕见的笑容。

虽然我非常不情愿和父亲单独相处，但只有在茶机厂我才能吃到平时都见不到的肉包子。食堂在进厂铁桥的另一侧，门口的操场上躺着一些高矮不一的条石，围着几株高大的香樟树。茶机厂内的香樟树像是获得了某种额外的滋补，在铺满碎密的铁矿石后特有褐色的操场上拔地而起，比旁边挂着电铃的办公楼还高。粗大的躯干整洁光滑，伸在半空中后张开的枝丫开始自由舒展，横向伸出很远，有着比其他地方的香樟树更为繁密和厚实的叶片。翻飞的树叶形成的茂盛树盖滤过了顺着天池河过来的热风，树下的空间清凉干净。条石上坐满父亲的同事，饭盒里盛放着有我半个脑袋大的包子，肉的香味弥漫过来，我咽着口水随父亲走进食堂。

食堂隔壁是摆满白色木条椅的餐厅，因为门口香樟树下有可以乘凉的条石，这个餐厅很少有人使用，四周停满了自行车。当然这只是白天，晚饭后餐厅前面的大电视机会打开，现在回想这台电视机应该连有录像播放机，因为一到晚上这些条椅上都坐得满满当当。父亲也会带我过来，但他只顾自己靠着墙观看。我踮着脚伸长脖子都没有条椅上坐着的人高，只能从无数脑袋间看到电视屏幕随着画面变化散发出明暗交替的光。

餐厅和厨房是一排长瓦房，与取肉包子窗口对应的另一个窗口装着一台黑色机身摇柄的电话机，为了方便接电话，田字形窗棂底下焊有一个小弧顶的空格，弧顶两端的焊脚细腻光滑。茶机厂里总有一些我在乡下不曾领略过的用铁做成的物件，坚硬且很难塑造的铁在茶机厂里仿佛变得和我一样弱小和听话，从门口的字到这个漂亮的小弧顶，它们被轻易安排成所需要的任何形状，这些形状给我留下了不能抹灭的印象。我们所拥有的任何认知都会有起源，茶机厂里这个比食指更粗的钢筋弯成的小弧顶和翻砂车间那台航车奠定了我对工业的认知。2022 年我在上海江南造船厂见到一排排负载 1200 吨横卧在天穹的红色航吊时，那震撼的场面中，我如同回忆到某位德高望重的祖辈那粗犷亲切的脸一样，自然想到茶机厂翻砂车间铁灰色的小航吊。

四

  总之金属在进入茶机厂后总要经历各种不同的锤炼，有些是被化成水注入模具，有些会被烧红了锻打。父亲在茶机厂的工作也会随之变化，他操作过一架比人还高的空气锤，这个设备的启动开关在脚下，一个向上倾斜的"U"形环被踩下时，腔体中锃亮的锤体瞬间落下来，击打在底座烧红的铁块上后缓缓地升回去，金色的铁屑像过年放的烟花一样四下飞溅。看到这个壮观的景象时我有些担心父亲，怕铁屑把他烫伤，不过弓着腰的父亲干这个显然比在清泉村修理猪圈和做各种农活时更在行，反复中铁块被锻打成所需要的零件，这个通体亮红的物体慢慢变得只有个暗红色的芯，被扔进边上的冷水池里淬火。

  我随父亲去过很多不同的车间，不过对茶机厂生产出来的成品没有印象也无了解。厂区最外两栋厂房中放着精密的削铣机床，工人们拿着笔和一叠图纸，对着自动化程度已经很高的设备不停地丈量和讨论，只上过几天学的父亲很少出现在这些车间里。

  我非常喜欢这个车间产生的金属废料，它们有大拇指粗细一米来长，是一根很细的钢片呈螺旋状旋转至完全闭合的圆管，表面镀着一层高级的蓝紫色，在阳光下还会渐变。圆管有弹簧的弹性和塑料的柔韧，能轻易地折弯和盘起，十分像武侠电影中的软剑或是鞭，抽在香樟树表面会马上显出一条印记，茶机厂多数小孩子都玩过这个独特的玩具，一路扬起再抽在地上。

  从这个车间走出来是一个很大的操场，操场左侧就是门口长着香樟树的食堂，正对面有一栋赭红色的四层办公楼，这栋楼是后建的，但它却一直存在我记忆里。办公楼把茶机厂的工作区和生活区隔离开来。办公楼的四楼在某段时间里布置成了歌舞厅，每当夜幕降临，五彩斑斓的灯光便从窗户溢出，如果恰好是一位女士在唱歌，会让茶机厂硬朗呆板的工业氛围里流露出难得的柔美气息，软化了大件金属相互碰撞时发出冗长且沉闷的声响。

办公楼后面是一栋面向天池河的三层宿舍楼。茶机厂在20世纪80年代的鼎盛时期有近千位工人，厂区内有许多栋姿态各异的宿舍楼。这栋楼比较年轻，布局绝对对称，楼梯建在楼体的正中间，走马廊通向两侧，每扇门后都有一进一里两间房，山墙上挂着两个棱角分明十分周正的五角星图案，楼前的平地上有几个合围的花坛，花坛的正中间是菱形的假山池。

五

如果我没有随父亲去车间，会在这几个长满麦冬蜀葵的花坛和假山池间玩到父亲下班。花坛与天池河一侧的篮球场有一层楼高的落差，铺着和食堂门口一样的大条石，这些条石依次后退形成几级专门观看球赛的台阶，中间立着供裁判使用的石凳和石桌。这一切从父亲宿舍的窗户便尽收眼底，有一天我发现花坛鱼池以及看台和球场，居然都精准地沿用了那栋印着五角星图案宿舍楼的中轴线。

我上初中后茶机厂开始败落，起初是发不出工资来，当时姐姐又在宜昌读书，家里的开销剧增，父亲回到家后脾气变得更大，"下岗"这个词频繁出现在他本来就简短的语句中。父亲后来没有被分流下岗,茶机厂不知道什么时候在车间门口修了一间门卫室和一扇铁门,他被留在失去一半工人的茶机厂当门卫,这意味着父亲不能回到清泉村过春节。但父亲比以前更为节俭,除了大米和盐他不再买任何东西,我得从清泉村带着几块腊肉和一只鸡到茶机厂陪他过春节。这时茶机厂还在生产,只是繁华不再,食堂和办公楼旁的香樟树下偶尔也有工人小坐,这些人不仅没有了肉包子还都神色肃穆语调凄惶,有零星铁锤击打金属的声音传来,不及一阵风吹来时的动静大。

父亲虽然困窘,依然把少得可怜的年货留存一部分,他知道一年中会有哪些朋友来访,需要几盘略微体面的菜。每年春节我们都只吃半只鸡,父亲把另一半挂在窗户上风干时会说:"这是给你明儿哥哥留的。"他口中的明儿哥哥是我最喜欢的一位表哥,在茶机厂隔壁上班,这也是我俩春节十几天相处中为数不多的对话。

2000年我们在茶机厂度过了很轻松的一段时光,这年我在城关镇开始学厨师,父亲依然在当门卫,我每天很早出门很晚才回来,尽可能把两人的交集变少。

下半年姐姐因结婚回到了傅家堰乡,她留给我一间朝着木材厂的宿舍和两位邻居朋友。朋友中一位叫张翠华,在厂区门口的那栋车间上班,有次给她送钥匙,我终于看到了茶机厂里最高级的设备如何把一件粗糙的半成品制成精密的工件,车床可以张合的夹具锁死半成品后开始低速旋转,车刀在另一侧等待着它们的到来,随着吱吱声音的响起,半成品锈迹斑斑的表面被削除,金属镜面般的光泽一圈一圈地呈现出来。

我小时候在清泉村曾被无数长辈按着小脑袋,用羡慕的口吻祝福过：二林，你长大不得种田，你可以接你爹的班，去当工人！也许因为对父亲有着本能的抵抗，在了解茶机厂里所有的工种后，我唯一有兴趣的工作就是这台车床前的操作，能看懂一沓图纸后按标准做出精美的工件，这样我就超过了父亲。

离开和超过父亲，仿佛是所有儿子的执念。

六

2021年父亲被人骗了一笔钱，我和姐姐责备他自己一生节俭，怎么把钱借给并不太熟且没有归还能力的人？父亲解释说骗子拿着一张焊工证找到他，说准备建一条船需要投资。我很意外，一张焊工证能说明什么？

父亲停顿了一会儿说："那个证是真的，我也有一张焊工证，以前厂里发的。"

他甚至拿出那页印有五峰茶叶机械厂印章的证件，我领悟到父亲对茶机厂有着我之前从未察觉到的情感。他的很多表达都带着茶机厂特有的方式，父亲应该热爱过篮球，虽然我从未见他拍过一次球。清泉村修房子时父亲自己焊了楼梯栏杆，有一天我听见他与姐夫交谈，说在三楼焊了个姚明打球的造型。我无比好奇，实在不能把呆板的父亲与姚明打球时的灵动联想在一起，便和姐夫奔上三楼，在栏杆上看到一个用钢筋扭成的简陋"X"形状，"X"上顶着一个圈，这个画面太容易让人联想到茶机厂食堂旁放电话机有着弧形顶的空格、进厂钢管焊成的门楼和用焊枪切出来的字。

所以骗子手中焊工证单薄的纸张闪现出微弱的反光中，有繁华时茶机厂的影子，父亲看到的是一位壮硕得能随意拎起八磅锤的工友站在自己面前。

这件事情的发生让我十分愧疚，我并不是在意这些钱，此时我有了女儿，能以父亲的身份站在自己父亲面前。我们的一生总需要各种感情来充裕自己的内心，这中间最为重要的是家人之间相互的爱。可惜父亲因为不善言谈的性格，多少都在被母亲、姐姐和我孤立着，三人中间我尤甚。

不读书后我就再也没有花过家里的一分钱。独自走那段很艰难路程的时候，四处借钱，母亲心疼又无助，暗示父亲有一点积蓄。也许他在等我开口，但我莫名其妙的自尊心每回都出来制止，我甚至还以此自豪，漠然认为绝对的经济独立能在父亲面前处于上风位置，使我不再惧怕他的严厉和不近人情。

木讷的父亲无助地面对我的扬扬自得。他没有文化，在特殊年代经清泉村书记推荐去茶机厂上班，奶奶说他的第一份工作是在茶机厂烧开水。他一生没有过远大的目标，安安分分待在茶机厂那间不足15平方米的房间里，认真上班努力工作，尽可能地节衣缩食，把钱都花在我跟姐姐身上，如有节余再用在清泉村这个对他不甚友好的家里。

清泉村的房子在父亲多年的修葺下已十分体面，他自己一年中很长的时间依然住在茶机厂，即使整个厂区已然耗尽生气。宿舍外每年初春就开满各色蜀葵的花坛已被平成了菜园，种着茼蒿和几垄土豆，喷泉池里的水和金鱼早已不知去了何处，杂草长得比假山还高，食堂门口的香樟树早已无踪影，条石和曾经坐在上面的人都不知道去了哪儿，改成驾校练车场的篮球场画着扭曲的标示线，球架倒伏在地上，空洞望着天空的篮球筐仅仅留下一个圆圈的形状，像鱼死去后无神的眼珠。以前十分坚固但不能容纳变故的建筑开始坍塌，灰色的外墙上能看到雨水从瓦缝淋下时流过的痕迹，上面长满了青苔，楼梯过道的粉刷层大块脱落后露着呆滞的石头墙。铁栏杆被灰土掩去了本色，五层的宿舍楼中找不出几家住户，父亲把其中的两间房打穿，之前本就不多的家具被分散到两间屋里，显得更为孤单。

父亲和几位神色老去的故人坐在办公楼边上的石桌旁，如果没有人进来问路，他们也许一天都不会说话。

他们守候着茶机厂，陪伴一个时代静静地结束。工业文明的进程中，茶机厂的设备和工艺等早晚会被淘汰，但它存在的数十年时间，在里面生活的人们，还有积攒下来能抚慰人心的记忆，正慢慢变得熠熠生辉。

母亲的节日

邻居家饭都吃完后，母亲才用筛箩把玉米面里的粗壳子筛出来。她在锅里放半瓢水烧热，倒入筛过的细玉米面，用筷子缓缓搅动，金黄扩散的玉米面慢慢变白，板结在一起。

母亲从粗壁瓦坛中舀出半碗腌制过几个季节的碎辣椒，我没有用碗，像吃土豆一样握着板结成团的玉米面饭，用手扶着灶沿，蘸着碎辣椒用力往下咽。

这个年龄的我懂事和乖巧闻名乡里，母亲经常摸着我的小脑袋，自豪又怜悯地自语："你和姐姐就是我的活路。"

姐姐在15公里外的镇上读书，母亲每星期都要去看望她。母亲这时还年轻，背着刚起锅的腊肉土豆片和几瓶咸菜，往返一趟回到家里，圈里的猪还没有开始哼。如果天气很好也会带上我，穿过两座山岗，过鸭儿坪村就是一条瘫软在山腰间的公路。我穿着母亲做的布鞋，这种一针针纳出来的鞋底特别合脚。公路上又有一层汽车碾碎后的细土，我精力旺盛地蹿奔在很少见的公路中间，母亲虽因负重只能佝偻着腰，在远处叫我的名字时明显气虚，但她开始担心我读初中时，自己就耐不活跑这一趟了。

母亲的担心并非没有道理，她35岁时我才出生，等我上初中，她就51岁了，于是我问："你怎么不早点生我和姐姐呢？"

她把背篓靠在路边的石坎上，又会重复那句话："你和姐姐才是我的活路！"

这位极不幸的女性在没有得到母亲这个称谓前，日子苦楚无望。她3岁时生母去世，小小的她还没有学到和继母相处的智慧。母亲偶尔向我们描述被继母抓着头发撞向木板墙壁的事，耳朵发出的嗡嗡声音。说这些事时她会伸出食指，在自己的太阳穴上转几圈。不过我听不出悲伤，在听这些故事的年纪我天天和母亲在一起，和母亲在一起的日子总是饱满且安然。

当然，这主要是指我15岁以前，16岁时我辍了学又回到了母亲的近旁。

儿子的不幸在母亲眼中总是加倍的，母亲时常自卑地流着泪，埋怨自己的无力，总担心我日后会恨她。

我没有受到母亲的影响。我读初中时姐姐在宜昌读书，母亲已年迈，且家境愈发困顿，经常青黄不接，好在杀两头年猪的幺姨会接济我们，每年送来一大块肉，是猪的腰身部位，肥且多油，很解馋。

为了保存好这块肉，我们在灶屋的山墙正中间用白石灰刷平一块，把肉挂上去防止老鼠偷吃。每星期给我炒咸菜时，母亲总要搬来木梯子，她上到第五步时才能够到肉。腊肉烟熏前用重盐腌制过，又经过两个季节的风干，表面附着着一层盐白点。母亲大半个身子悬在木梯子之外借助身体的重量才能横着切开表面坚韧的腊肉，切下来时刀在白墙上留下了一条长印记。举着肉的母亲不会立即下来,她用眼睛测量余下肉的长度,然后讷讷自语:"第一星期——第二星期——第三星期——"

每隔11天,当我再次回到家,总能发现刀在墙上的痕迹没有变化。母亲用黄豆磨成合渣,配着瓦坛中的碎辣椒,维持我不在家的11天。

所以最初我一心想成为和母亲一样出色的农民,能为她分担一些农活。

为了增加田地的肥力,我们往每块地背了几十篓猪粪,多数还烧了火肥。田埂边的荆棘砍下来码成堆,上面培满土,然后点燃这些荆棘,回家饭都没有开始吃,雨势便在关刀崖顶上开始酝酿集结。我把火把绑在树上奋力地挥着锄头,往上培火肥所需的土,阻止雨水淋湿还在冒烟的荆棘。风扯着火苗把树和各种影子揉到一起,火把燃尽回到家,雨还没有下下来,但钟爱的电视剧片尾曲都没听到。不过在午夜又听到了疏落的雨声,凌晨母亲就开始拍我的房间门,我知道她另一只手正握着锄把。小雨带来的墒刚好给玉米施肥,但这种雨说来就来说走就走,我们还需把施的商品肥用土掩起来。

起初我尚能用心对待还是幼苗的庄稼,几次三番,这幽灵一样的雨彻底让我失去耐心,我开始对抗母亲。

我特地穿着她做的布鞋下地干活,放工时黏糯的土包裹住了整双鞋,回家后我把它们扔放在屋檐下的雨水坑里浸泡。这一针一针纳出来的布鞋倾注了母亲莫大的心血,她没有责骂我,只是在闲时默默地刮除布鞋上的泥巴,找寻太阳能照射到的地方晒干。

母亲的忍让没有给生活带来安慰,我和她的对话充斥着各种不满，我坦然地把曾经生活中的困窘都转移到了她身上，在旱田种地时会不停地埋怨母亲怎么把水田改旱田，弄得我们从小就吃苞谷面饭，明明是可以吃到大米的。母亲小声解释自己娘家是大龙坪村的，确实没有种过水田，再往后只埋着头说将来和我分家时，要种老屋后头的尖子田。

这块田离我们家很远，而且是上坡路，背一回农家粪，要三四十分钟，而且篾篓倒在田里时不按几下就会滚下来。

一年后我离开了清泉村出外谋生，也结束了和母亲朝夕相处的生活。在家这一年里，我也许帮母亲干过一些农活，但我也让她走向了孤独。在这期间，母亲没有说那句话："你和姐姐是我的活路！"

20年后我在宜昌市区附近找到一处有田的房子，和姐姐计划把母亲接过来住，电话中我向她描述了这里的若干好处，其中最核心的是我们回去看她更近、更方便。母亲起初很开心，她没有直接拒绝我，只是反复地说不想让我花这笔钱。两三日后我又去电，母亲拒绝的语调怆惶落寞，有些像自语，说不想离开这个地方，只想每天走自己熟悉的路，睡自己天天睡的床，最后说我和姐姐就是她的活路，我们过得好就行。

今天是母亲节，烈烈朝阳苍凉落暮，时间流逝中深沉下的母爱，像是老家附近的桐树井。在某个季节清冽的泉水总是盛齐井沿，这是静下来的波涛，即若你挑走了一担，可它依然满满当当。

所以一个节日能代表什么？我只是在救赎自己的灵魂，寻求更为体面、更为便捷的方式尽下自己的本分，来缓解自己的愧疚。

因为，母亲根本不知道有这个节日。

树

母亲喂猪时已经把水桶拎到了稻场边上，她要到桐树井挑两担水后才会开始做晚饭。

我跟在后面走到屋后头的木梓树下，这棵树年轻时第一根枝杈离地就一扁担高。我扔下鞋，踮起脚双手箍住刚刚碗口粗的枝杈，翻过身用力蹬在它粗壮的躯干上，眼前挑着水桶的母亲变成了布满晚霞的天空。这种树表皮粗糙，像母亲的手一样裂开许多口子。我像走路一样往上挪几步后奋力一转身，屁股朝天骑在了枝杈上。木梓树除了每年能打下很多可以换钱的细小的白色种子外，没有太多用处，不像松树、杉树、椿树有着好几丈笔直的树干，可以做房梁或剖成木板，它总有许许多多的枝杈和枝丫，大的和躯干一样粗细。这些枝丫被砍除后，树疤会烂出一个大洞，里面的木屑腐化后变成松软肥沃的土壤，开春时能长出一窝茂盛的狗尾巴草。

我手脚并用，爬到最高处的枝丫并骑在上面。红嘴蓝鹊胆子很大，它知道我够不到树梢的鸟窝，安心地站在远处的树枝上转着脑袋,用滴溜溜的小黑眼睛打量着铺在我们脚下的大片庄稼。小麦已经灌浆,晚风抚过,它们只是轻轻地摇头,倒是间种在小麦垄中间的玉米,青绿绿的长剑般的叶子发出哗哗的声响。不远处邻居灶屋的瓦缝里渗出缕缕青烟,它们没有即刻散去,和瓦脊上覆着的青苔缱绻在一起,等待下一阵风来。

我刚刚闻到邻居家煸炒腊肉的香味时,母亲已经开始挑第二担水,她也不知是对我还是对木梓树有很大的信任,仰头看一眼后说:"掉下来了你要是嚎,我就是一扁担。"

母亲的扁担是用桑木做的,桑木质地绵密没有树节,木匠先用斧子砍去表面褐色的皮,削成中间宽两头窄,呈一把很浅的弓的模样,再拿出螃蟹状的短刨,刨刀口翻卷出的刨花像新麦做出的宽面条一样白练,比我手臂更光滑白净的桑树扁担放在灶屋房顶上晾干,3个月后才取下来开始使用。失去水分的扁担轻但有韧性,随着母亲走路上下有节律地起伏,可以缓冲掉两桶水的部分重量。一条好的扁担能省出不少力气。

清泉村所有的树都有用处,它们也都长在正确的地方,比如稻场角落和田埂尽头的树,在时光中慢慢变得高大粗壮。我从小就认识这些树,就像认识村里诸多的长辈。母亲偶尔在黄昏让我去供销社买盐,天色昏黄,小道上影影绰绰,我一路狂奔,好在沿途高大的树木能给我壮胆。我首先看到的就是门口田埂上的一排木梓树,它们比屋后面的那棵要老,枝丫像它们的主人恢福大叔一样和蔼,终日露着慈祥的笑容。这排木梓树的树梢要消失时,路旁出现一棵雄壮的小叶楠,它有银色的修长树干,树冠像撑开的雨伞,四季常青,一身浩然正气,感觉天比其他地方都要亮一些。再往前就是从路旁斜着长出来的核桃树,它繁茂的枝丫像是国画里着重墨勾勒而来，虽瘦，但在暮霭里展现出铁一般的苍劲。路面上布着鹰爪一样的根更是被往返的人们用鞋底磨出了包浆后的光泽，像屋后头不苟言笑但体力依然很好的邻居爷爷。如果运气好，我能遇到位同路的真正的长辈，他一把我薅起来举到脖子上，嘴里开始埋怨母亲，说让我一个人这么晚了还到处跑，掉进大堰淹死了可怎么办。

我很喜欢把野地里的小树苗带回家，在门口的熟田挖出一个坑，很细心地栽好，以至于母亲每年犁这块田都要骂。树苗经过一年的成长，根扎得比庄稼深，她要花很大力气才能拔出来。当然也有例外，有一年我种了许多的桃树，转年母亲没有责骂我，她甚至花了一下午把这些桃树嫁接了一下。某年的早春和盛夏，我们家门口一片盛景，花团锦簇后跟着硕果累累，每天下午都能摘一筐鲜桃。

得到鼓舞后，我从同学周济家拔回两株柏树，这种树很难移栽，令我感到意外的是这两株都活了下来。和清泉村其他树木一样，它俩没有辜负时光，如今已经有10来米高，笔直的树杆顶着尖尖的树梢，像哨兵一样站在清泉老家门口，葱茏细密的叶子在下雪后的冬日里变成墨绿。这时我刚好带着女儿回来过春节，我自豪地给她介绍："这对柏树是爸爸小时候种的，当时比你还要矮很多。"

清泉村已经通了自来水，去倩倩姐姐家的路上，才会经过我小时候每天爬一遍的木梓树，它的树叶已落尽，红嘴蓝鹊的巢显得偌大。富裕后的乡村没有人在意能换钱的白色果实，老树黑色的躯干，稀疏的枝头残存着点点黑色的果壳，顶处落着洁白的夜雪，在湛蓝天空下，映照出一派苍凉。

即使没有母亲的恐吓,女儿对爬树也没有兴趣,甚至没有认知,她只会背"碧玉妆成一树高"和"晴川历历汉阳树",至于什么树,能做什么,她茫然无知。

是的,女儿出生在宜昌,也生活在那里,无论晨昏,她都不需要对一棵树有任何依赖。从我们家小区的前门上松林路,在城东大道右转走到中南路口过马路,看到的铁道桥后右边是奶奶家,左边是大爹家。这是一条差不多每天都要走的路,她记得十分清楚。

红绿灯变化很快,快到人们没有办法展现自己的温情,即便是 90 秒的停顿,商场外墙上的电子显示屏也吸引了大多数视线。看一块电子屏并不需要热情和悲伤,毕竟我们马上都会离去,奔向下一个路口等下一盏红绿灯。中南路与城东大道是整个伍家岗区最繁华的路口之一,一个红绿灯能积攒出"茫茫人海",我们在许多双漠然的目光中走过斑马线。

人间的哀喜,在这里不如时刻扬着尘垢流着浊水的十字路口,并未相通。

如果在假日,高楼外灿烂的霓虹能映亮本没有光的天空。女儿一直认为彩虹只会出现在新华大厦的侧墙。相对清泉村,宜昌是先进的城市,有更高维度的文明,女儿的许多玩具上都印着"益智"二字。周围若干游乐场的塑料台阶上都布着防摔倒的凸起和栏杆,她根本不需要去认识一棵缓慢生长的树。

多么希望女儿能看见马路中间绿化带里被削去脑袋、木讷地挤在一起的灌木,还有中间立着的挂着零碎黄叶的一排银杏。

在清泉村,这本是骄傲的树,它们银色精致的躯干和金黄纷飞的叶片在肃杀的深秋展露出与众不同的高贵和不屈服,但在四季都色彩缤纷、高楼林立的城市，它们像是矮小拘谨的乡下人，惊慌地盯着擦身而过的汽车。我们更无法走近这些树，它们在路中央，像被车水马龙隔离在河流的对岸。

重逢的纸飞机

清泉村四队的玉米在每年 7 月长出红色的穗儿，出穗后的玉米就不再长高，像长剑状的叶子变成一排排没有装弦的弓，叶梢开始向下伸展。

谷雨播种时，母亲会在半背篓玉米种子里掺进一捧黄瓜种子，待玉米和我一样高时黄瓜才开始发芽，但它长得快，借着玉米的茎秆向上攀爬，然后开花结果。

母亲会把这个秘密告诉我，但她也不知道黄瓜长在哪里，我用小孩少有的耐心在一垄垄玉米地里寻找。周围的小伙伴在大堰里学会游泳时，我躺在两垄玉米间水分尚未被吸尽时舒软的土地上，满足地看着眼前一条条清嫩的黄瓜随风摇晃。毕竟在清泉村，不是每个季节都有直接放进嘴巴吃的瓜果。

有年夏天，耀眼的太阳被玉米叶隔出一片晃动的阴凉，我躺在阴凉下等待顶端还挂着花的黄瓜慢慢长大，忽然看见玉米的顶端落着一只纸飞机，被雨水无数次冲刷又被晚风每日梳理的玉米，除了花粉，茎叶表面比我的脸都要干净。面对这只纸飞机，我惊讶不已——这块田附近就只有我家。最近我一直在努力寻找玉米地里的黄瓜，好久没有折过纸飞机，再往后面是静平家，但这纸飞机要是从他家的稻场沿飞来，得越过我家的房子和三四亩地，没有纸飞机可以飞这么远。

我跳起来伸手也没办法够着，在强烈好奇心的驱使下，我从很远的菜园篱笆上抽出一根干枯的向日葵茎秆，返身取下了这只纸飞机。

纸飞机上所有的折痕已经微微张开，不会再飞行，被向日葵秆顶到后笔直地落在我手上。

这是我在春天扔出来的纸飞机。

之前的好奇心被扑面而来的欣喜瞬间覆盖，一种从没有感受到的喜悦在我心中绽开，如同这片茂盛的玉米地，随风招展。

我从姐姐写完的作业本上撕来下的纸折成的这只纸飞机，上面还留着被雨水浸淡后依稀可辨的字。熟田有着很强的消化能力，能降解农村大多数常见的东西，哪怕是一块铁、半只篾篓埋进地里，不出一年就转化成了庄稼的肥。纸飞机最开始落在收割后的田野上，恰巧被一株破土而出的玉米顶起，玉米生长时用叶片和茎之间细微但可以依赖的力量托住了纸飞机，它们一起离开地面，慢慢伸向天空，经历两个季节的风和雨，直到此时才被我发现。

像是看见住得很远但自己十分喜欢的明儿哥哥，在不是过年的时候忽然来到了家里。我对好不容易发现的黄瓜没有了兴趣，捏着这只纸飞机飞奔回到家里，站在稻场边远眺刚才发现纸飞机的地方。

我喜欢一下折出很多纸飞机后连续扔，看着它们一架接着一架往前飞，这肯定是我扔出去飞得最远的纸飞机了。它从我手里滑出后首先得越过菜园，从两株柏树间的空隙穿过，抵抗住从西面吹过来的风，然后在一块正在收割洋芋的地上笔直向前。田埂边还有一排排碗口粗的椿树，椿树挡住了视线，我也许已经扔出了另一架纸飞机，但它继续努力地向前飞，最后落在母亲刚刚播下玉米的田中间，开始等待顶起自己的那粒种子在土壤里发芽。

这只纸飞机我保存了很久，只是再也没有扔出去过，而且它在很长的一段时间里是我最珍惜的玩具。

清泉村上空有到往西北的航线，时常有真正的飞机呈一个麦粒大小的银点掠过，把飞羽般的絮云犁得同母亲掏出的玉米垄一样整齐。隆隆声从板壁岩传来时，我捏着纸飞机的脊骨举到头顶，让它伴着真正的飞机一起飞到关刀崖顶我能看到的最远的天空。

即使是最远，这片天空也仅能容一架飞机在万米之上飞行 10 来秒。

最终我来到了这趟航班的起点城市，在离机场仅一两公里的地方开了一间工厂。这里是丘陵地带，低垂的天际线让穹顶巨大，能看到飞机从远方回来又飞向远方。

经营工厂的同时我还有家装修公司，繁杂的俗务让我的内心变得十分粗糙，也失去了找到一株黄瓜然后等待它慢慢开花结果所需要的耐心，直到自己参与到一架飞机的改装，看到飞机的座椅拆除后呈现出从未领略过的空间，我欣喜不已。

我问客户飞机要飞多少年才会被改装成货机？他回复说 25~30 年！

忽然，我领略到久违的神秘的喜悦，如果是 30 年，也许这架飞机曾经飞过一个叫清泉村的上空,下面有个男孩,举着与自己意外重逢后的纸飞机,伴着他飞行了板壁岩到关刀崖之间的天空。

　　我想起了年少时在清泉村体验到的所有的第一次,那些肥沃而深奥莫测的田亩和明澈洁净的天空,还有善良纯朴的乡邻,构成了我生命之河的源泉。随着我的成长,空间会转变,时间会延伸,唯一不变的,是内心最初、最真实的情感,尤其是对它们的爱。

　　今年一位朋友发来几张照片,上面是一艘在巴拿马运河工作的船。

　　这艘船在宜昌建造,因为承接了船上的部分舾装,去年我和这艘船在荆门山前的码头相处了3个多月。无数次登上船舷的时刻我都充满敬意,我知道它将远行,从长江的尽头进入茫茫大海,到一个我从来没到过的地方。

　　我甚至特意买了一个地球仪,从湖北宜昌到巴拿马,需要转动地球仪半圈才能看完这艘船的行程。这段距离足以埋下很多的怀念和期望,我想自己此生是不可能到达这么远的地方的,于是在船上特定的位置给女儿留下了一封信。女儿刚3岁,人生有无限的可能。

亲爱的张谨之:

　　当你能找到这封信时,说明你同爸爸所希望的一样优秀出色。

　　从你出生,我就希望你能拥有辽阔高远的人生,你能见到很多重要的人,能涉足很远的地方,你能不受地域、物资和其他庸俗的限制，能体验真正的自由。

　　当你看到这封信时，肯定会感激自己曾经的付出，人生的收获都在远方，只有行万里路才能懂万卷书，也许说这些有点多余，因为你能找到这封信，你已经比爸妈优秀，比很多人优秀。

　　爸爸希望你能记得很多人，记得在清泉村生活一生的奶奶，记得从清泉村到宜昌城的爸爸，记得妈妈、记得外婆、记得舅舅、记得姑妈等所有的亲人，记得曾经帮助过你的人……

　　因为只有我们，才会真正地、永远地为你感到骄傲！

2021.6.26 中国宜昌
爸爸